AF236310

Zurück in die Vergangenheit – und ein Schritt in die Zukunft

Angelika Hupfer

Walter Schröder

Renate Meißner

Marianne Kaulfers

Zurück in die Vergangenheit – und ein Schritt in die Zukunft

Texte aus einer Seniorenschreibwerkstatt

Herausgeber: Daniel Höra

Impressum

Bibliografische Information der Deutschen
Nationalbibliothek:
Die Deutsche Nationalbibliothek verzeichnet diese
Publikation in der Deutschen Nationalbibliografie;
detaillierte bibliografische Daten sind im Internet über
http://dnb.dnb.de abrufbar.

Die Texte in diesem Buch entstanden im Rahmen einer
Schreibwerkstatt zwischen November 2021 und März 2022
in einer Senioreneinrichtung der Caritas Berlin. Der
Herausgeber dankt der Caritas Altenhilfe gGmbH für die
Unterstützung.

Herstellung und Verlag: BoD – Books on Demand,
Norderstedt

ISBN: 978-3-7543-8522-7

Inhalt

Renate Meißner

Die kleine Schreibwerkstatt

ZU VIERT HABEN WIR UNS GETROFFEN UND VIER
VERSCHIEDENE GESCHICHTEN SIND ENTSTANDEN.

WIR HABEN ACHT WOCHE MIT FREUDE DARAN
GEARBEITET UND JETZT ÜBERGEBEN WIR IHNEN UNSERE
GESCHICHTEN UND WÜNSCHEN IHNEN VIEL SPAß BEIM
LESEN.

Angelika Hupfer

Freunde fürs Leben

Vorige Woche habe ich im Fernsehen jemanden gesehen, der hat das uralte Lied „Du hast Glück bei den Frau´n Bel Ami" gesungen. Das ging mir durch und durch. Ich erinnerte mich daran, wie ich vor vielen Jahren auf der kleinen Bühne in der Nolle am Nollendorfplatz diesen Song geträllert habe. Nun kam mir Einiges aus dieser Zeit wieder in den Sinn.

Nachdem ich regelmäßig jeden Sonntag dort war, habe ich mich langsam mit der Jazzband Salty Dogs angefreundet. Oft haben wir uns, nachdem in der Nolle nach mehreren Zugaben Schluss war, in der privaten Wohnung eines Musikers mit ein paar Leuten zusammengefunden und weiter gemeinsam gesungen und Party gemacht. Wir haben Lieder gesungen wie: „Eine Frau wird erst schön durch die Liebe", „Bei mir biste schön", „Hallo kleines Fräulein, haben sie heut´ Zeit", „Er hieß Waldemar", „Nur nicht aus Liebe weinen" und und und.

Beim nächsten Sonntagstreffen hat mich die Band dann gefragt, ob ich nicht auf die Bühne kommen will um mit zu singen, sie wussten ja, dass ich den Text von Bel Ami beherrsche und nach einem

Schnaps mit Namen Persiko habe ich mich dann getraut. So habe ich immer mal mit den Salty Dogs und mit ein, zwei Schnäpsen vorher in der Nolle gesungen. Während dieser Zeit lernte ich auch einige Gäste in diesem doch ziemlich großen, immer vollen Lokal kennen, wo die Stimmung einfach super war und die Leute sogar auf Tischen und Stühlen tanzten.

An einem dieser Sonntage lag für mich eine besondere Atmosphäre in der Luft. Ich wusste nicht, wieso. Es war wie immer, aber ich hatte eine Ahnung, es würde etwas passieren. Das Publikum war in Höchstform und klatschte und sang bei, „I scream, you scream, we all scream for ice cream ..." mit, da entdeckte ich einen Mann, der auf einem Tisch, sehr weit entfernt von mir, tanzte und sich bezaubernd mit zwei kleinen Kindern beschäftigte und herumalberte, was mir sehr gefiel. Nach einer Weile trafen sich unsere Blicke und wir winkten uns zu. Leider gab es kein Durchkommen zu mir, da die Leute dicht an dicht standen. Er gab mir ein Zeichen, zerknüllte eine weiße Serviette und warf diesen Ball in meine Richtung und beobachtete noch, dass er auch bei mir ankam.

In dem Ball war eine Telefonnummer aufgeschrieben. Einige Zeit später bahnte er sich mit den Kindern und ein paar scheinbar dazugehörigen Erwachsenen einen Weg durch das Gedränge zum Ausgang und war - verschwunden.

Nachdem ich am Spätnachmittag zu Hause war, stellte ich fest, dass die Nummer auf der Serviette meiner Telefonnummer ähnelte. Ich lebte damals in Reinickendorf. Vielleicht wohnte der unbekannte Mann ja in meiner Nähe? Sollte ich sofort anrufen, oder lieber noch einen Tag warten? Er hat mich etwas durcheinander gebracht, denn ich fand ihn sehr sympathisch. Trotzdem rief ich dann erst am Montag an und er sagte mir, dass wir uns durch mein Zögern beinahe ganz verpasst hätten. Er sei auf Kurzbesuch bei seinen Eltern und würde am Mittwoch Berlin wieder verlassen. Wir tauschten Adressen aus und tatsächlich wohnten die Eltern nur ein paar Straßen von mir entfernt.

Fünfzehn Minuten nach unserem Telefonat stand er dann in meiner Tür. Ich konnte zuerst nichts sagen, als er mich aber dann in seine Arme gezogen hat, war der Bann gebrochen und ich bat ihn herein. Er hieß Axel und erzählte mir, dass er nach Hause fliegen würde. Ich dachte an Köln, Düsseldorf oder Frankfurt. Als er aber sagte, er müsse nach Rio de Janeiro, fiel ich aus allen Wolken. Er hatte noch fast drei Jahre Auslandsaufenthalt vom Auswärtigen Amt vor sich, mit einigen Wochen Heimaturlaub pro Jahr.

So blieb uns auf lange Sicht nichts anderes als Briefe zu schreiben. Es entstand eine rege Brieffreundschaft, gestützt durch die spezielle und schnellere Postverbindung des Auswärtigen Amtes.

Im nächsten Jahr kam Axel dann für eine Woche nach Berlin und wir sahen uns jeden Tag. Danach folgte wieder Post für mich vom anderen Ende der Welt und immer eine Einladung, ihn in Rio zu besuchen. Doch ich hatte ein bisschen Angst davor eine so große Reise alleine anzutreten.

Als für mich eine neue private Situation hier in Berlin entstand, nämlich die Trennung von meinem damaligen Freund, mit dem es schon längere Zeit nicht mehr so gut lief, ist in mir der Wunsch gewachsen, auszubrechen aus meinem täglichen Umfeld. Was lag da näher als die Einladung nach Rio anzunehmen. Neues Land, neue Menschen, Meer und Sonne pur!

Axel schrieb, ich könne jederzeit kommen, auch wenn er jetzt mit einer Freundin in seinem großen Haus zusammenleben würde. Wir schrieben noch öfter hin und her. Und im November 1982 saß ich dann im Flieger, um sechs Wochen Urlaub in Rio de Janeiro zu machen.

Bei der Landung begrüßte mich als Erstes, vom Flugzeug aus ganz klein, ein Wahrzeichen von Rio: die Statue von Christus. Dazu meine Gedanken - es wird alles gut!!!

Als ich den Boden Brasiliens betrat, standen dort am Flughafenausgang Axel und seine Freundin Katrin, um mich abzuholen - und es war alles gut. Ich verbrachte dort die schönsten Urlaubswochen meines Lebens.

Meine späteren fünf Besuche waren zwar auch sehr interessant, aber nicht so umwerfend wie mein erstes Mal in diesem lebendigen Land Südamerikas. Ich habe Brasilien ganz fest in mein Herz geschlossen.

Zurück zu meinem ersten Eintreffen in Rio: „Halli-Hallo, wie war der Flug, war alles okay, bist du müde?", begrüßte mich Axel und stellte Katrin und mich einander vor. Anfangs lief es etwas sperrig zwischen uns, aber durch ein paar Witzeleien und viel Lachen war das Eis bald gebrochen. Wir fuhren zuerst in das Haus von Axel, was am Rand der Stadt lag, in einem Condominium, einer gesicherten Eigentums-Wohnanlage, mit einem Schlagbaum plus Wächter. In diesem Condominium lebten Ausländer von überall her in ihren unterschiedlich gestalteten Häusern. Axels Haus war in oder an eine Felswand gebaut. Im Bad sah man dann ein Stück Felsen gleich neben dem

Spiegel und im Wohnzimmer kam ein dicker Brocken aus dem Boden. Um das ganze Haus herum führte ein Balkon mit vielen Blumen. Vom Gästezimmer aus konnte ich auf den Balkon gehen. Ich war von diesem schönen Zuhause begeistert.

Nebendran gab es eine große Garage mit mindestens fünf, sechs Autos: alte, neue und ganz ausgefallene. Ein Modell war weiß, aus Kunststoff, ohne Türen und oben offen. Ich hatte so was noch nicht gesehen. Es war ein Strandauto. Axel sagte, diese Sache mit den Autos sei ein Hobby von ihm. Katrin verdrehte dabei lächelnd die Augen, weil er immer noch mehr anschleppte von dem ollen Zeug.

Nachdem mir die beiden alles gezeigt hatten, sind wir am Abend dann Essen gegangen und zum Samba. Samba gab es in einer Sambaschule, wo neue bunte Kostüme und neue Schritte für den Straßenkarneval ausprobiert wurden. Man konnte zuschauen oder auch mittanzen. Die Atmosphäre war unglaublich schön. Dort habe ich meine erste Caipirinha getrunken, köstlich, kann ich nur sagen. Weit nach Mitternacht bin ich total müde ins Bett gefallen und bin dann selig eingeschlafen.

In den nächsten Tagen war ich per Seilbahn mit Katrin auf dem Zuckerhut. Oh, war das eine tolle Aussicht! Später haben wir Christus besucht und es war schon sehr beeindruckend direkt vor diesem riesigen heiligen Monument zustehen. Es hat mir die Sprache verschlagen und ich musste erst einmal tief durchatmen.

An manchen Abenden sind wir nach Axels Arbeit mit dem weißen Plastikauto zu einem nahen Strand zum Schwimmen gefahren. Auf einer Tour habe ich einen merkwürdigen Bau entdeckt, ein Bretterzaun, etwa einen Meter hoch und nochmal einen Meter Holzgitter darüber. Axel hielt an, um mir das zu zeigen, und als wir näher kamen, hörten wir schon fröhliche Kinderstimmen. Er sagte: „Das ist ein Kindergarten", und es wurde immer lauter, als sie uns sahen. Axel spendierte für alle eine Cola oder Sinalco und alle Kinder sangen und tanzten vor Freude im Samba-Rhythmus. Und wir mitten drin. Die vielen strahlenden Kinderaugen die mich anguckten, mir standen Tränen in den Augen. Als wir irgendwann gingen, liefen sie tanzend bis ans Auto mit, und ich hatte noch lange ihr glückliches Singen und Klatschen in den Ohren.

Was ich auch nicht vergessen werde, ist ein Café, nein eigentlich mehr eine Halle, riesig und hoch, die Wände verkleidet mit Spiegeln bis an die Decke, Intarsien aus dunklem Holz um die Spiegel und an den Stühlen und Tischen. Es hatte so eine besondere Art: ein bisschen altmodisch und ein bisschen modern. Man bekam dort viele verschiedene süße und herzhafte Delikatessen, immer wenn ich später in Rio war, musste ich dort hin, ins Café Colombo.

Ganz in der Nähe war die Straßenbahn-Haltestelle nach Santa Theresa, ein Bezirk, der am Hang lag. Es war außergewöhnlich mit dieser alten offen Bahn dort rauf zu fahren. Menschen, meistens Einheimische, hingen draußen an den Fenstern und klammerten sich an den Eingängen fest. Da es meistens ziemlich voll war, musste man höllisch aufpassen beim auf- und abspringen. Oben angekommen, wurde man von der schönen Aussicht entschädigt.

Katrin und Axel wohnten in der Barra da Tijuca außerhalb von Rio. Es gab dort ein großes Einkaufszentrum mit einer Churrascaria und Axel sagte: „Heute gehen wir zum Rodisio, man kann da Fleisch Essen, so viel man will." Ich war gespannt darauf, und dann ging es auch schon los. Der Kellner kam mit einem riesigen Fleisch-Spieß, den er uns zeigte und fragte, wie viel wir denn mochten. So ging es am laufenden Band, mit immer anderen Fleischstücken. Natürlich gab es auch Beilagen dazu, Pommes, Reis, Salat, Gemüse. Bald waren wir alle drei so satt, dass nichts mehr rein passte außer einer Caipi!

Axel hatte inzwischen seinen Job beim Auswärtigen Amt aufgegeben und arbeitete jetzt im Management bei einem brasilianischen Großunternehmen mit Namen „Fink". Fast täglich sahen wir auf den Straßen von Rio große Umzugswagen mit dem deutschen Namenszug, der mich an den neuen Job von Axel erinnerte. Während meiner Zeit dort konnte ich die Familie kennenlernen. Das Ehepaar Fink war Jahrzehnte zuvor aus Deutschland ausgewandert. Sie haben uns zum Essen eingeladen und es wurde ein sehr schöner Abend daraus. Beide haben es sichtlich genossen, wieder einmal privat deutsch zu sprechen, denn die fünf Kinder konnten leider nur ein paar Brocken Deutsch. Sie waren in Brasilien geboren. Axel hatte dort in der Familie eine gute Position gefunden, im Job genauso wie im privaten Bereich. Man spürte deutlich, er wurde behandelt wie ein zusätzlicher Sohn.

Um mir die Schönheiten des Landes zu zeigen, sind wir viel herumgefahren. Wir waren zum Beispiel in Buzios, eine Stadt, die in den sechziger Jahren bekannt wurde durch Filmleute, Stars und Sternchen. Brigit Bardot war dort und man nannte die Stadt das Saint-Tropez Brasiliens.

Sehr interessant für mich war auch Petropolis, eine historische Stadt, die im Jahr achtzehnhundertfünfundzwanzig von deutschsprachigen Einwanderern gegründet wurde. Sie liegt etwa sechzig Kilometer nördlich von Rio, umgeben von Wald und Bergen. Ich kann mich noch gut erinnern, dass wir eine Fahrt mit der Kutsche durch den Ort machten und ich wunderschöne alte Gebäude anschauen konnte.

An einem Abend sagte Axel zu uns Mädels: „Habt Ihr Lust auf einen kleinen Ausflug nach Ipanema? Ich möchte Angelika etwas zeigen." Wir hatten nichts Weiteres geplant und so fuhren wir los. Vor einem Lokal, das nach nichts aus sah, machte Axel halt. „In dieser Kneipe soll der weltweit bekannte Song „The Girl from Ipanema" entstanden sein". Komponist war Antonio Carlos Jobim, einer der Begründer des Bossa Novas. Er hat das Lied neunzehnhundertzweiundsechzig komponiert und auch heute noch wird es von unterschiedlichen Orchestern und Bands gespielt und von vielen Interpreten gesungen. Wir haben dann in der Kneipe ein Bier, uma cerveja, getrunken, und als ich dort saß, hatte ich ein richtiges Gefühl der Zugehörigkeit. Ich habe die Melodie auch am nächsten Tag nicht aus meinem Kopf bekommen. Wenn ich heute diesen Song im Radio höre, fühle ich mich automatisch nach Brasilien versetzt, ich rieche und spüre geradezu dieses bunte, lebensfrohe Land.

Natürlich muss ich auch etwas über Feijoada erzählen, das ist das Nationalgericht Brasiliens.

Katrin hat es gleich am Anfang meines Urlaubs gekocht. Zum Essen gehören schwarze Bohnen mit jeder Sorte Schweinefleisch wie zum Beispiel Rippchen, Schweineschwänze, Schweinebauch und scharfe Würstchen. Das wird zusammen gekocht, etwa wie bei uns Linseneintopf. Dazu werden als Beilage Orangen aufgeschnitten und Maniokmehl mit Speck und Oliven angebraten, Grünkohl, und wie zu vielen anderen Gerichten gibt es Reis. Es schmeckt einfach köstlich! Bei vielen Anlässen, privat und im Restaurant, konnte ich noch oft Feijoada genießen.

Einmal, an einem Nachmittag bin ich mit Katrin in einem riesigen Park mit vielen fremden Bäumen und Pflanzen spazieren gegangen und da plötzlich blieb mir fast das Herz stehen, da lief doch tatsächlich etwas ganz dicht vor mir quer über den Weg. Ich hatte so etwas noch nie gesehen, es sah aus wie aus einem Fantasy-Film. Katrin rief: „Schau, da ist ein Gürteltier!" Es verschwand leider sehr schnell im Gebüsch. Abends habe ich dann Axel von meiner außergewöhnlichen Begegnung berichtet. Er kam gleich mit einem dicken Buch über Gürteltiere an. Es ist ein Panzertier und viele Arten sind schon ausgestorben. Ganz selten hat man das Glück dieses Tieres lebend zusehen.

Und nun zum Karneval! Die Karnevalszeit ist wie bei uns hier auch im Februar. Schon Monate vorher werden in den Sambaschulen Kostüme entworfen und genäht, neue Tanzformationen einstudiert und neue Lieder komponiert und getextet. Man merkte, Rio pulsierte. In dieser Zeit konnte man die Sambaschulen besuchen und beim Üben zuschauen oder auch nach dem Probeteil mittanzen. Dabei gab es natürlich auch einige Caipirinhas. Wir waren zweimal beim Samba und es sind sehr ausgelassene, lustige, sangesfreudige Abende geworden. Später haben wir noch viel darüber gesprochen und gelacht.

Vorm Straßenkarneval sind die Sambaschulen öffentlich gegen einander angetreten und man hat die beste Schule gekürt. Für den Karnevalsumzug musste man Eintrittskarten haben, aber es war sehr schwer welche zu bekommen, weil es hieß, es sind alle ausverkauft.
Einen Tag vor Rosenmontag kam Axel strahlend nach Hause, wedelte mit etwas in der Hand und rief fröhlich: „Schaut mal, was ich hier habe!" Er hatte tatsächlich über seine Firma Fink drei Karten bekommen. Wir haben uns riesig gefreut und sind ziemlich gut gelaunt am nächsten Tag zum Umzug gegangen.

Links und rechts der Straße waren Tribünen aus Holz aufgebaut worden. Das war damals noch so üblich, heute sind die Tribünen aus Beton gebaut und gehören das ganze Jahr über zum Stadtbild

Rios. Wir hatten einen super Platz ergattert, Axel holte drei Caipis und dann ging es los. Zuerst war die rhythmische, laute Musik zu hören und was dann kam, hätte ich mir im Traum nicht vorstellen können: Hunderte von braungebrannten Menschen liefen im Sambaschritt in mehr oder weniger knappen Kostümen die Straße entlang und das Schlurfen der Schritte dam, dam, dam, dam übertrug sich auf die Holztribünen und heizte die Zuschauer noch zusätzlich an. Und dann die Farben! Kostüme in in allen Farben, Silber und Gold. Sie leuchteten, glitzerten und strahlten. Dazu der Kopfschmuck, so große Federaufbauten, dass man kaum glauben konnte, das ein Mensch den so lange tragen konnte. Auch die Wagen waren so herrlich geschmückt, dass einem manchmal vor Staunen der Mund offen blieb. Wir haben uns mitreißen lassen und haben am Platz mitgesungen und getanzt. Oh Gott, war das schön!

Bald nach diesem Ereignis musste ich langsam ans Abschiednehmen denken. Meine sechs Wochen waren um. Seit Tagen diskutierte ich nun mit Axel, ob ich dableiben sollte oder nicht. Wir wollten in Rio so etwas aufziehen wie in Berlin das Loretta im Garten an der Lietzenburger Straße. Wie man manchmal so rumspinnt!

Je näher das Ende kam, umso grummeliger wurde es in meinem Bauch. Am Abflugtag waren wir noch bei Freunden von Katrin und Axel zur Feijuarda und zum Caipirinha trinken eingeladen. Es sollte mich wohl von meiner Abreise ablenken, aber irgendwann waren wir dann alle am Flughafen. Ich habe Rotz und Wasser geheult und es wurde noch schlimmer, nachdem wir uns verabschiedet hatten, ich eingecheckt habe und eine dicke Glaswand uns trennte. Wir legten die Hände an der Glaswand aufeinander. Sie haben auch geweint und gesagt, ich solle bleiben. Ich hatte keinen Mut dazu und so bin ich dann heulend in die Maschine gestiegen.

Zu dieser Zeit hatte ich noch keine Ahnung, dass ich noch ein paarmal wiederkommen würde und dass Brasilien noch viel Neues für mich bereithielt.

Wenn ich jetzt nach so langer Zeit zurückdenke, ist mir als erstes die Nolle im Kopf, die es ja nicht mehr gibt, aber es fallen mir Namen ein von Menschen, die ich dort kennengelernt habe. Einige haben mich ein Stück meines Weges begleitet und andere begleiten mich mein ganzes Leben. Ich bin sehr dankbar, dass ich mit meiner Lieblingsperson aus der Nolle, meiner Freundin Elfie, heute noch eng befreundet bin, obwohl sie schon so viele Jahre an der Nordsee lebt. Sie wohnt in Heide/Holstein in der Nähe von Büsum, Husum, St.Peter Ording, und ich freue mich, dass ich ein paarmal im Jahr dort hinfahren kann. Wenn wir dann abends bei einem Weinchen zusammensitzen, lassen wir manchmal die alten Zeiten von der Nolle aufleben und amüsieren uns über die kleinen und großen Geschichten aus unserer Vergangenheit.

Walter Schröder

Von der Flucht zum ewig Reisenden

Seine Vorfahren wurden von der Zarin, Katharina die Große, als Siedler nach Russland geholt, die meisten an die Wolga, einige aber auch auf die Krim. Die Familie hatte zwei Mädels, bis am 12.2.1940 ein Junge, Walter, geboren wurde. Der Zweite Weltkrieg war schon in Polen angekommen und hatte sich 1944 bis Russland ausgedehnt. Ein Jahr später wurde der Krieg auf die Krim erweitert. Ziel war Sewastopol – und die Halbinsel Kertsch der Preis.

Stalin ließ die deutschen Siedler in den Ural evakuieren. Dort waren Fabriken zum Herstellen von Kriegsmaterial aufgebaut. Die Familie Schröder mit ihren beiden Töchtern, zehn und acht Jahre alt, musste sich auch fügen und wurde zur Arbeit in den Ural geschickt.

Ihr Sohn Walter war zu dieser Zeit an der Ruhr erkrankt und lag drei Monate im Krankenhaus. Auch seine Tante, Alide Falkenstein, lag im Krankenhaus. Ihren Mann, einen Juden, hatte man in die sowjetische Armee einberufen. Als Walter aus dem Krankenhaus entlassen wurde, nahm Tante Alide sich seiner an und so begann ihre Flucht mit den deutschen Soldaten nach Deutschland. Sie reisten in Vieh-Waggons ohne Bänke. Die Flüchtigen lagen auf den Holzböden. Es war kalt. Bis zu fünfzig Personen hielten sich in einem Waggon auf. Die hygienischen Verhältnisse waren katastrophal.

In irgendeiner Stadt waren sie auf der Suche nach Verpflegung. Walter hatte seine Tasche voller Sonnenblumenkerne. Auf dem Platz im Stadtzentrum stand ein Denkmal von Lenin, der seine gestreckte Hand zeigte. Walter wollte ihm ein paar Sonnenblumenkerne abgeben, aber seine Tante bekam Angst und lief mit dem Kleinen davon. Sie hatte vor allen Menschen schreckliche Angst, vor den Russen, weil sie eine Deutsche war und vor den Deutschen, weil sie einen jüdischen Mann geheiratet hatte.

Weiter ging die Flucht mit dem Güterzug gen Westen, wieder rein in den Viehwaggon. Wenn jemand fragte, gab sich Tante Alide als Mama von Walter aus. Plötzlich! Fliegeralarm! Der Zug hielt auf freiem Feld. Alle sprangen aus dem Waggon und legten sich auf die Erde. Der kleine Walter bekam kaum Luft, da die Tante – Mama sich schützend auf ihn warf. Der Bombenangriff war vorbei und weiter ging die Fahrt. Endlich kamen sie in Bromberg in Polen an. Dort wurden sie in einem Flüchtlingslager untergebracht.

Tante Alide hatte noch immer ständig Angst. Deshalb gab sie im Lager einen falschen Nachnamen an. Sie nannte sich nun Alide Lenz und den Jungen nannte sie Walter Lenz. Sie waren jetzt Mutter und Sohn Lenz.

Schließlich ging die Reise weiter – mal mit dem Pferdewagen, mal mit dem Zug, immer in Richtung Westen. Anfang 1945 kamen sie in Essen/ Steele an. Hier trafen sie auf ehemalige Nachbarn. Wieder wohnten sie im Flüchtlingslager. Tante Alide suchte einen evangelischen Pfarrer auf und ließ Walter taufen.

Ende 1945 wurden sie nach Neersen gefahren. Dieser Ort liegt zwischen Krefeld und Mönchen-Gladbach. Dies wurde ihr erster Wohnort. Sie bekamen in einem Haus bei Privatleuten ein Zimmer zugeteilt mit WC auf dem Hof. Was für ein Glück!

Zu Ostern 1946 wurde Walter eingeschult. Er war der Jüngste in der Klasse. Einige Flüchtlingskinder waren schon sieben oder acht Jahre alt. In dieser Volksschule herrschten noch die Regeln der Vorkriegszeit. Ohrfeigen und Stock waren selbstverständliche Instrumente zur Erziehung der Schulkinder. Das Beste an dieser Schule war die Schulspeisung. Jeden Tag um zehn Uhr erhielten die Kinder Essen von den Engländern und Belgiern ausgeteilt. Jedes Kind musste ein Kochgeschirr mitbringen. Von den Belgiern gab es immer ein Stück Blockschokolade dazu, das fanden die Kinder natürlich toll.

Dann wurde auch Religionsunterricht gegeben. Alle einheimischen Kinder waren katholisch und nur die Flüchtlingskinder waren evangelisch. Daher gab es nur einen katholischen Pfarrer an dieser Schule. Also hatten die Evangelen in dieser Zeit frei, was Walter natürlich richtig gut gefiel. In der dritten Klasse war es damit vorbei. Ein evangelischer Pfarrer wurde gefunden und nun gab es keine Freizeiten mehr.

Der Schulunterricht fiel Walter Lenz nicht allzu schwer. Jedoch hatte seine „Mama" ihm verboten, Russisch zu sprechen. Er beherrschte Russisch und Deutsch und nun wurde ihm das Russisch verboten!!! Innerhalb von ein, zwei Jahren kannte er kein russisches Wort mehr. Eine Angst weniger für die „Mama"!!!

In der vierten Klasse gab es eine Prüfung für die Aufnahme ins Gymnasium. Da Walter Lenz die Prüfung mit Bravour bestanden hatte, setzte in der Lehrerschaft ein großes Jammern ein. Ein Flüchtlingskind ohne Vater konnte aus finanziellen Gründen nicht aufs Gymnasium gehen. Es war ein Schock für die „Mama".

Alide nahm all ihren Mut zusammen und ging zum Bürgermeister. Dort beichtete sie ihre falsche Identität und der Mut wurde belohnt. Nach langen Sitzungen gab es kein Urteil. Die Stadtväter akzeptierten, dass sie nur aus unbeschreiblich großer Angst vor den Russen so gehandelt hatte. Alide Falkenstein und Walter Schröder bekamen ihren richtigen Namen wieder.

Walter lebte sich schnell ein in der Schule und auch beim Sport. Im Dorf gab es einen Fußballclub, der verschiedene Jugendabteilungen hatte. Walter durfte bald in der C-Jugend spielen. Jetzt gab es für ihn nur noch: Schule, Mittagessen, Hausarbeit und dann Sportplatz!

Er bekam ein Fahrrad mit Hartgummireifen geschenkt. Zu den näheren Auswärtsspielen war es wunderbar. Bei sehr weiten Routen wurde die Mannschaft mit einem LKW gefahren. Der Torwart war der Sohn des Chefs des örtlichen Kohlenhofs. Daher hieß es Sonntag früh immer: „Jungs, ihr müsst den LKW noch fegen, sonst macht ihr euch schmutzig." Die Spieler antworteten: „Geht klar, Chef". Dann ging es ans Putzen und anschließend mit blitzblank gefegtem Fahrzeug zum Auswärtsspiel.

Alide war eine fleißige Frau. Sie nahm verschiedene Haushaltsjobs an, da die finanzielle Unterstützung bei weitem nicht reichte. So konnten sie beide gut leben, aber für besondere Wünsche reichte das Geld nicht. Als Walter unbedingt Fußballschuhe brauchte, ging er zum Inhaber der größten Gärtnerei, fasste sich ein Herz und fragte: „Guten Tag, haben Sie Arbeit für mich? Ich brauche unbedingt Fußballschuhe." Der Gärtner brauchte immer Hilfskräfte und erwiderte daher: „Ja, ich brauche jemanden zum Rosen veredeln. Fünfzig Pfennig die Stunde." Walter rechnete schnell im Kopf zusammen: acht Stunden am Tag á fünfzig Pfennig, also müsste er zehn Tage arbeiten. Er sagte zu. Das Rosenfeld war so groß, dass man kaum bis zum Horizont sehen konnte. Ein Geselle ging vorn, schnitt den Stiel der Rose an und pfropfte die Veredelung, die von Walter festgebunden wurde. An diesen zehn Tagen schien unablässig die Sonne. Die achtzig Stunden = vierzig DM = ein Paar Fußballschuhe von Adidas – wirklich ein verdienter Lohn.

Walter war schon groß und kräftig und half seiner Mutter, wo er nur konnte. Sie stapelten gemeinsam Kartoffeln, die Mutter sammelte einen ganzen Handwagen voller Pilze und der Junge fuhr ihn nach Hause. Gemeinsam hingen sie die Pilze auf dem Dachboden zum Trocknen auf, das war viel Arbeit. Einmal kaufte sie beim Schäfer einen Hammel. Den führte er an der Leine nach Hause. Sie schlachtete den Hammel und nahm ihn auseinander. Jetzt gab es eine Woche lang täglich Fleisch. Der Großteil des Hammelfleisches wurde haltbar gemacht. Tagelang weckten sie ein. Auch Sauerkraut kam in eine Tonne. In der Nachbarschaft gab es ein großes Brett mit Messern. Hiermit wurden ganze Weißkohlköpfe geschnitten, so viel, bis eine Tonne voll war.

Der Ort Neersen hatte ein Schloss. Hier waren Nonnen im Kloster untergebracht. Der große Park im Schloss hatte sehr viele Walnussbäume. Das war natürlich verlockend für die Schulkinder, wenn da nicht ein Aufseher gewesen wäre. Die Jungen versteckten sich im Park und wenn die Luft rein war, ernteten sie viele Nüsse. Einmal hatte er keinen der Jungen erwischt, als sie jedoch am nächsten Tag zur Schule kamen, mussten sie antreten und ihre Hände vorzeigen. Alle, die gelbe Finger hatten, bekamen etliche Schläge mit dem Rohrstock.

Eines Tages gab es eine große Überraschung. Das DRK hatte in den Nachkriegsjahren ein riesiges Vermissten-Suchsystem eingerichtet. Von dort bekamen Tante Alide und Walter die Mitteilung, dass die Familie Schröder wieder in der Nähe von Sotchi, in Anapa, am Schwarzen Meer lebte. Die Freude war zwar groß, aber wie sollten sie die Familie wiedersehen? Die Angst war immer noch groß und es herrschte der kalte Krieg!!!

Ein paar Wochen später bekam Walter plötzlich Bauchschmerzen. Der Arzt stellte eine Blinddarmentzündung fest. Der Krankenhausaufenthalt dauerte drei Wochen. Freitags wurde er entlassen und am Montag traten plötzlich am ganzen Körper starke Rötungen auf. Scharlach!!! Erneut Krankenhaus, aber nur in Quarantäne. Sechs Wochen lang besuchten ihn seine Klassenkameraden täglich im Krankenhaus und brachten die Schularbeiten vorbei. Das war eine schlimme Zeit für einen Jungen, der sich sonst täglich auf dem Sportplatz aufhielt.

Die Mutter kümmerte sich um eine Lehrstelle. Ein Nachbar war bei der Post als TN Telefonbau-Normalzeit. Er sagte zum Walter: „Geh zum Telefonbau, Telefonbau hat Zukunft." Er brachte Telefone mit und erklärte: „Das musst du jetzt lernen auseinander zu nehmen." Die Wählscheibe war schon sehr kompliziert, aber es war interessant. Walter bewarb sich bei der Post und wurde zur Aufnahmeprüfung bestellt. Die Prüfung dauerte den ganzen Tag, erst Theorie in Physik und Mathematik, dann Praxis. Jetzt zeigte sich, dass er gut vorbereitet war und die Praxis mit „gut" bestand. Schließlich kam noch die Gesundheitsprüfung. Und nun stellte sich heraus, was keiner geahnt hatte: Walter war farbenblind und daher für den Telefonbau vollkommen ungeeignet. Die Mutter war sehr enttäuscht. Ihre

Zukunftspläne waren erstmal gescheitert. Sie wollte nach Walters erfolgreicher Berufsausbildung mit ihm nach Amerika oder Kanada auswandern. Erst kein Gymnasium und jetzt farbenblind!!!

Die anderen Flüchtlinge in Essen waren wohl bereits nach Kanada ausgewandert. Die Mutter hatte immer noch Angst vor den Russen und ließ sich davon nicht abbringen. Sie lernte eine junge Frau Anfang Dreißig kennen, sie hieß Anne. Walter nannte sie Tante. Sie war auch geflüchtet, aber alleinstehend und arbeitete als Sekretärin in der Wasserwirtschaft. Sie kam fast täglich nach Feierabend zu Besuch. Ab und zu ging sie der Mutter bei der Arbeit zur Hand.

Zu Ostern 1954 wurde Walter konfirmiert. Dafür musste er sechs Wochen lang einen Nachmittag in der Woche beim Pfarrer zum Unterricht erscheinen. Walter wurde neu eingekleidet. Er bekam einen Anzug, ein weißes Hemd und eine Fliege. Das war gar nicht nach seinem Geschmack! Es kamen Besucher und die Mutter backte eine Woche lang Kuchen und Torten. Das war natürlich nach seinem Geschmack!

Die Sommerferien waren toll. In der Schweiz fand die Fußball-Weltmeisterschaft statt. Die Jugendlichen konnten alle Spiele auf einem

Fernsehgerät im Vereinslokal verfolgen. Der Eintritt kostete fünfzig Pfennige, dazu gab es eine Cola. Die Jungen saßen auf dem Boden und die Erwachsenen auf den Stühlen.Als die deutsche Nationalmannschaft Weltmeister wurde, waren keine Gespräche mehr zu hören, sondern nur noch Gesang. Lauthals sang der ganze Verein die Nationalhymne als Deutschlandlied, obwohl nur noch die dritte Strophe erlaubt war. Das war für die Fußballspieler das Größte, was es auf der Welt gab.

Nach den Sommerferien begann wieder der Ernst des Lebens. Der Klassenlehrer, Herr Müller, fuhr mit Walter nach Krefeld zum Arbeitsamt. Hier beschlossen sie, dass Walter erst noch für zwei Jahre die Berufsfachschule besuchen sollte, um anschließend eine Lehre zum Starkstromelektriker zu beginnen. Der Besuch der Berufsfachschule war für seine Zukunft sehr gut. Der Beruf des Elektrikers war nun vorgegeben.

1955 war ein trauriges Jahr. Morgens, als er zum Bus nach Krefeld gehen wollte, passierte es. Seine Mutter fiel auf einmal mitten im Zimmer um und bewegte sich nicht mehr. Walter rannte zum Arzt, der in der gleichen Straße seine Praxis hatte. „Hilfe", schrie er, „meine Mutter ist umgefallen". Der Arzt rief sofort einen Krankenwagen und folgte Walter nach Hause. Die Mutter wurde in den

Krankenwagen gelegt und ins Krankenhaus nach Anrath gebracht. Das Krankenhaus war drei Kilometer weit entfernt, trotzdem rannte Walter dorthin. Seine Sportausbildung kam ihm jetzt zugute. Im Krankenhaus wartete er ein paar Stunden, dann schickte man ihn nach Hause. Zu Hause konnte er es allein nicht aushalten und er begab sich zu seinem Freund Erwin. Erwins Eltern nahmen ihn herzlich auf.

Am nächsten Morgen durfte er wieder ins Krankenhaus. Nun kam es für ihn ganz schlimm. Der Arzt nahm Walter an die Hand und versuchte ihm beizubringen, dass seine Mutter gestorben war. Sie hatte einen Schlaganfall erlitten. Walter ging nach Hause und weinte bittere Tränen. Dann kam Erwin mit seinen Eltern, die sich rührend um Walter kümmerten. Sie nahmen ihn mit zu sich nach Hause: „So lange, bis sämtliche Angelegenheiten geordnet hat, bleibst du bei uns."Alle Bekannten und viele Einwohner der Stadt kamen zur Beerdigung. Wer sich alles um „sämtliche Angelegenheiten" kümmerte, bekam Walter gar nicht mit. Aber es war alles geregelt.

Nach der Entlassung aus der Volksschule musste Walter täglich mit dem Bus nach Krefeld fahren. Aus seiner Klasse fuhr auch seine Freundin Waltraud täglich mit. Sie besuchte die Kaufmannschule und so waren die Fahrten mit dem Bus recht schön. Sie hatten immer etwas zu erzählen und über die alte Volksschule zu lästern. Walter wohnte immer noch bei seinem Freund Erwin.

Ostern 1956 schloss Walter die Berufsschule ab. Jetzt ging es mit der richtigen Lehre los. Die Krefelder Verkehrs AG war für die Straßenbahnen und Busse zuständig. Walter entschloss sich für die Straßenbahn-Werke. Hier hatte er die Wahl, sich zum Elektriker, Schlosser, Schmied, Tischler, Maler, Näher für die Uniformen der Bahnfahrer oder zum Schaffner ausbilden zu lassen. Er entschied sich zuerst für den Elektrik-Bereich. Nun war Walter einer von vier Lehrlingen, neben einem Meister, einem Vorarbeiter und Gesellen. Durch seine bereits absolvierte Berufsfachschulausbildung war Walter den anderen Lehrlingen in der Theorie um einiges voraus. Die Berufsschule war ihm sehr leichtgefallen, in der Praxis gab es nun aber täglich etwas Neues zu lernen. Sein Meister war ein intelligenter Mann und für die Lehrlinge ein richtiges Vorbild. Er brachte ihnen viel bei, so auch, wie man die Elektroanlage in einem Haus installieren muss. Walters Ausbildung fiel in eine Zeit, in der viele Leute Häuser bauen ließen und Fachleute knapp waren.

Walters Meister übernahm bei bekannten Leuten, die ein Haus bauten, die Elektroarbeiten. Alle Lehrlinge mussten drei Monate lang die Elektroleitungen in einem Haus verlegen. Wie der Meister das verrechnete, haben sie nicht erfahren. Walter gefiel diese Arbeit trotzdem, da es auch viel Freizeit gab und manchmal etwas Trinkgeld.In den anderen Bereichen, Schlosserei, Schmiede und Tischlerei, waren auch jeweils drei Monate angesetzt. Dadurch lernte man viel Handwerk. Der Betriebsdirektor war ebenfalls ein hervorragender Lehrlingsfreund. Er sorgte sich um jeden einzelnen von ihnen.

Nach seinem ersten Lehrjahr wurde Walter zum Direktor gerufen. Der Meister nahm auch an diesem Gespräch teilte und erklärte Walter: „Wir waren bei dir zu Hause in Neersen. Uns hat das nicht gefallen, in dem kleinen Zimmer, und dafür die tägliche Fahrt mit dem Bus hierher zur Arbeit".
Walter war ratlos: „Was soll ich tun? Seit meine Mutter gestorben ist, haben mich die Leute herzlich aufgenommen und ihr Sohn ist mein Freund."
Der Direktor erwiderte: „Wir haben uns Gedanken gemacht und wollen, dass du nebenan ins Lehrlingswohnheim ziehst. Du brauchst dann nur fünf Minuten zu Fuß zur Arbeit und hast Vollverpflegung. In einem Zimmer stehen zwei - drei Betten."

Walter fragte: „Ja, aber kann ich mir das vorher ansehen?"

„Selbstverständlich", sagte der Direktor. „Ich gehe mit dir morgen dahin und dann sehen wir, ob das gut für dich ist."

Beim Besuch im Lehrlingswohnheim gefiel Walter alles sehr gut. Also wurde umgezogen. Die Kleinigkeiten, die Walter besaß, holte der Direktor mit seinem VW. Walter kam in ein Drei-Bett-Zimmer. Die anderen beiden Lehrlinge waren sehr nett und sie wurden eine gute Wohngemeinschaft. Im Heim wohnten insgesamt vierzig Lehrlinge. Es gab einen Anbau in dem zehn Jungen wohnten, die bereits ausgelernt hatten. Diese konnten kommen und gehen, wann sie wollten. Die Lehrlinge mussten um 23 Uhr im Zimmer sein. Zum Wohnheim gehörten ein Speisesaal, ein Fernsehraum, ein Aufenthaltsraum, große Duschräume, ein Garten und ein ziemlich großer Park.

Walter fuhr jetzt wieder regelmäßig zum Training. An jedem zweiten Sonntag fand ein Spiel statt.

Das Lehrlingsgehalt betrug achtzig DM im ersten, neunzig DM im zweiten und einhundert DM im dritten Lehrjahr. Das musste Walter abgeben und bekam vierzig Mark und fünfzig Pfennige Taschengeld. Von diesem Geld galt es, da ja keine Eltern da waren, alles selbst zu bezahlen, Schuhe,

Strümpfe, Wäsche, Hosen, Jacken usw. Das Wirtschaften fiel Walter sehr schwer.

In Krefeld gab es einen Großmarkt, dort suchten sie ständig Tagelöhner. Walter wollte sich dort, gemeinsam mit einem anderen Lehrling, samstags ein paar Mark dazu verdienen. Man musste jedoch früh um vier Uhr da sein, um Arbeit zu bekommen. Der Wohnheimleiter ließ die Haustür jedoch am Samstagmorgen erst um sieben Uhr aufschließen. Was nun????

Walter hatte eine geniale Idee. Ganz nah an seinem Fenster befand sich das Regenrohr. Es machte einen ziemlich stabilen Eindruck, also kletterten sie daran herunter und waren pünktlich um vier Uhr auf dem Großmarkt. Für eine Stunde Arbeit erhielten sie eine Mark. Es gab immer Arbeit für zehn Stunden. Das lohnte sich, wenn die dort anfallenden Arbeiten nicht so verdammt schwer gewesen wären. Einmal mussten sie zwei Waggons voller Bananenstauden auf dem Rücken tragen und verladen. Als sie an diesem Abend wieder auf ihrem Zimmer waren, konnten sie vor lauter Schmerzen nur noch auf dem Bauch liegen. Am Sonntag konnten sie vor Schmerzen nicht mal zu ihrem geliebten Fußballspiel fahren.

Wenn Walter sonntags zum Fußballspiel fuhr, bekam er im Wohnheim kein Mittagessen. Da lief ihm seine Tante Anne über den Weg, die früher öfter bei seiner Mutter gewesen war.

Sie bot ihm an: „Komm zu mir essen! Ich habe bei euch so oft gegessen, jetzt kann ich mal etwas zurückgeben."

Walter freute sich und antwortete: „Ich komme gern zu dir". So begann eine gute Zeit für Walter.

In der Fußballsaison bekam er jetzt sonntags immer ein Mittagessen und überhaupt interessierte sich die Tante jetzt plötzlich auch für Fußball und kam bei Heimspielen des Öfteren mit auf den Fußballplatz. Wenn eine Feier stattfand, bekam Walter vorher eine Entschuldigung für den Heimleiter und konnte so manchmal über Nacht wegbleiben.

Walter hatte mit seinem Betriebsausweis in jedem Nahverkehr freie Fahrt. Das nutzte er ordentlich aus. Jede freie Zeit nutzte er dazu, Nordrhein-Westfalen kennen zu lernen. Es ging zum Karneval nach Köln, zum Umzug nach Düsseldorf, zu Fußballspielen nach Duisburg, zu Rotweiß Essen und nach Düsseldorf zu Fortuna. In Wuppertal besuchte er die Schwebebahn. Kurzum, er war nur unterwegs.

Im Betrieb wurde die Betriebsgewerkschaftsleitung neu gewählt. Walter wurde Jugendsprecher und musste nun einmal im Monat an den Sitzungen teilnehmen.

Manchmal nahm der Meister für Walter Aufträge für Reparaturleistungen bei Privatleuten an. Das war natürlich sehr gut, da Walter von den Kunden Bargeld bekam. Dann durfte das Schuften im Großmarkt mal ausfallen.

Mit 17 Jahren lernte Walter seine erste richtige Freundin kennen. Sie hieß Renate und sah richtig toll aus. Jetzt war er noch mehr unterwegs, da Renate mit seinem Ausweis ebenfalls freie Fahrt im Nahverkehr erhielt. Aber, wie es in diesem Alter schnell passiert, war es nach einem Jahr vorbei mit der ersten großen Liebe. Walter hatte nun wieder mehr Zeit.

Tante Anne fragte an: „Ich will das Zimmer renovieren. Hilfst du mir?" Walter antwortete: „Ja, natürlich helfe ich dir." Samstag am Morgen fingen sie an.
Walter gestand: „Ich habe aber überhaupt keine Ahnung vom Renovieren."
„Das macht nichts", sagte Tante Anne, „ich zeige es dir". Sie kamen zügig voran.
Am Abend waren sie fertig und setzten sich zum Abendessen. Tante Anne stellte Wein und Weinbrand auf den Tisch. Durch die Arbeit wurde Walter nach ein paar Gläschen schnell müde. Sie

sagte: „Geh ins Bett." Walter wunderte sich, da er sonst immer auf der Couch geschlafen hatte.

Er war gerade beim Einschlafen, als Tante Anne auch ins Bett kam. „Was machst du?", fragte Walter. „Sei ruhig und lass mich machen", flüsterte sie. Er wurde also richtig verführt. Am darauffolgenden Morgen wusste er nicht, was er sagen sollte. Sie war aber lustig und fragte ihn, ob es schön war. Walter brachte immer noch kein Wort heraus, obwohl es wirklich schön gewesen war. Nach dem Frühstück ging er zum Sportplatz. Nach dem Spiel fuhr er gleich nach Krefeld.

1958 fand in Brüssel die Weltausstellung statt. Heinz, der in diesem Jahr ausgelernt hatte, überredete Walter, mit ihm mit dem Fahrrad nach Brüssel zu fahren. Walter sagte zu, reichte einen Urlaubsantrag ein und erstand im Fundbüro ein Fahrrad. Rucksäcke hatte sein Kumpel Heinz. Nachdem der Urlaub genehmigt war, durften sie sich in der Wohnkeimküche Verpflegung für eine ganze Woche einpacken. Am 1.7.1958 radelten sie los über Aachen nach Belgien, eine Strecke von zweihundert Kilometern. Zweimal übernachteten sie in einer Jugendherberge und einmal bei einem Bauern in der Scheune. In Brüssel bewunderten sie das neu gebaute ATOMIUM, heute noch Wahrzeichen neben Manneken Pis und besuchten die Weltausstellung. Die Zeit verging wie im Flug und schon hieß es wieder nach Hause fahren. Auf dem Rückweg übernachteten sie wieder bei dem Bauern und bekamen diesmal ein großes Frühstück vorgesetzt.

Beim nächsten Heimspiel tauchte Anne auf dem Sportplatz auf. „Warum kommst du nicht zum Essen?", fragte sie. „Ich kann nicht, weil ich in Krefeld eine neue Freundin habe, und die wartet auf mich", antwortete Walter. Das war natürlich eine Notlüge und es war das letzte Mal, dass Walter und Anne sich sahen.

Die Lehre ging nun zu Ende und Walter bestand die Gesellenprüfung. Er wurde jetzt neunzehn Jahre alt und lernte ein hübsches Mädchen kennen. Sie war gleichaltrig und hieß Ingrid. Ingrid war bei einem Arzt als Sprechstundenhilfe angestellt. Sie haben sich sofort ineinander verliebt.
Das Gericht hatte Walter einen Vormund bestellt, einen evangelischen Pfarrer. Als erstes wollte er Walter in einem Gottesdienst sehen. Da aber sonntags in Neersen ein Fußballspiel stattfand, musste Walter erst einmal absagen.

Ein Mitlehrling erzählte Walter von seinen Auswanderungsplänen nach Australien. Walter war begeistert. „Ich komme mit.", sagte er sofort. Zur damaligen Zeit war man erst mit einundzwanzig Jahren volljährig. Also benötigte

Walter die Zustimmung seines Vormunds. Der Pfarrer war natürlich nicht begeistert und sagte: „Nach Australien? Das kann ich nicht dulden. Wenn du volljährig bist, kannst du immer noch auswandern."

Etwas später war der Zirkus Busch in Krefeld. Walter war mit seiner Ingrid dabei, als der Zirkus aufgebaut wurde. Er sagte zu einem der Elektriker dort: „Das kann ich auch."
Der Elektriker antwortete: „Da ist das Büro, dann kannst du gleich anfangen."
Im Büro teilte man ihm mit, dass er die Zustimmung seiner Eltern brauchte.
„Aber ich habe einen Vormund", sagte Walter.
„Dann eben von dem.", antwortete man Walter.
Der Vormund reagierte wieder erstaunt: „Das wird ja immer schöner, erst Australien und jetzt Zirkus. Mit deiner Volljährigkeit kannst du alles selbst entscheiden. Bis dahin musst du noch warten."

Walter war inzwischen aus dem Lehrlingswohnheim ausgezogen und bewohnte ein Zimmer über einer Gaststätte. Die Miete kostete fünfundvierzig Mark. Waschgelegenheit und WC befanden sich auf dem Dachboden. Ingrid bewohnte auch nur ein Stübchen. Sie wollten gern zusammenziehen. Also gingen sie zum Pfarrer und erklärten ihm den Fall.

Der Pfarrer fragte: „Seid ihr einander versprochen?". Mit dieser Frage konnte Walter nichts anfangen. Sie wollten doch nur Miete sparen, denn bei ihren Gehältern waren sie nicht in der Lage, zweimal Miete zu zahlen.

Ingrid hatte eine Idee: „Meine Eltern haben ein Haus, das ist groß genug für zwei Familien. Ein Nachteil ist allerdings, dass das Haus in Falkensee steht. Falkensee liegt an der Grenze zu Spandau, gehört aber zur DDR. Von Falkensee fährt die S-Bahn über Spandau bis zur Friedrichstraße. Wir könnten jederzeit nach Spandau fahren und wären dann wieder in der BRD." Damit hatte sie Walter davon überzeugt, dass das in ihrer jetzigen Lage das Beste wäre. Im Februar 1960, als beide zwanzig Jahre alt wurden, sagte er ihr zu. Ingrids Eltern waren einverstanden und so wurde im Frühling der Umzug geplant.

Ingrid, als Republikflüchtige, flog von Düsseldorf nach Berlin. Walter ergatterte eine Mitfahrgelegenheit für dreißig DM in einem PKW und kam eine Woche später als Ingrid in Berlin an. Da stand er nun mit einem Koffer am Bahnhof Zoo und fühlte sich sehr verloren. „Wenn sie mich nicht abholt, was dann?", fragte er sich. Sie kam aber überpünktlich mit seiner zukünftigen Schwiegermutter und begrüßte ihn sehr herzlich. Dann fuhren die drei zu Tante Emma im Friedrichshain. Der Plan zum Aufenthalt musste besprochen werden. Sie gingen zur Polizei und von dort brachte man sie in ein Aufenthaltslager. Dort wurden sie gründlich untersucht. Nach einer Woche erhielten sie endlich die Erlaubnis, nach Falkensee zu ziehen. Nun brauchten sie nur noch eine Arbeitsstelle.

Die Schwiegermutter kannte im LEW – Lokomotivbau und Elektrische Werke - Hennigsdorf die Kaderleiterin und fuhr mit ihnen dorthin. Das LEW war ein großer Betrieb, der Lokomotiven, S-Bahnen und Pertinax herstellte. Siebentausend Mitarbeiter waren hier beschäftigt.

Walter wurde in der Abteilung Kraninstandhaltung der Fördermittel des gesamten Betriebes eingesetzt. Die Kräne waren zwischen fünf und fünfzig Tonnen schwer. In der ersten Zeit musste Walter sich erst an die Höhe auf dem Kran gewöhnen, aber nach einem halben Jahr war er genauso firm wie die Kollegen. Die Kollegen waren alle sehr nett und hilfsbereit.

Als Neuling im Betrieb musste Walter in drei Schichten arbeiten, also nur Pannen reparieren. Nach einem Jahr war er dann in der Normalzeit beschäftigt. Von Falkensee aus fuhren drei Schicht-Züge, da es in Hennigsdorf auch noch das Stahlwerk mit insgesamt sechstausend Beschäftigten gab.

Der Fußballklub fehlte Walter am Anfang. Dann wurden im Betrieb in verschiedenen Abteilungen Fußballteams gebildet. Insgesamt gab es zehn Mannschaften, es wurde sogar eine Betriebsmeisterschaft ausgetragen.

Als am 13. August 1961 die Mauer errichtet wurde, waren sie sehr geschockt. Walter war plötzlich als DDR-Bürger gefangen. Der Plan von Ingrid und Walter sah eigentlich vor, mit dreiundzwanzig Jahren wieder in die Bundesrepublik zu ziehen. Dieser Traum war also geplatzt. Und es kam noch schlimmer!!!! Nach dem Mauerbau wurde die Wehrpflicht eingeführt. Man konnte bis zum sechsundzwanzigsten Lebensjahr eingezogen werden. Sie waren in Walters Abteilung vier zweiundzwanzigjährige Kollegen.

1966 kam der Termin, der für sie schlimm werden konnte. Sie hatten sich nicht freiwillig gemeldet. Der Kaderleiter sagte: „Das wird euch noch leidtun." Und so kam es auch. – Am 1.11.1966 wurden alle vier eingezogen, aber jeder woandershin. Walter kam nach Fünf-Eichen in der Nähe von Neubrandenburg. Das war ein Nachrichten-Regiment. Es gab Funker und Richtfunker. Nach der Prüfung kam Walter zu den Richtfunkern. Man kann über diese Armee viel erzählen. Wenn man von dieser Zeit erzählt, muss man immer lachen.

Zweimal im Monat gab es Politunterricht, den ein Major abhielt. Hier gab es den Spruch: Wenn alles schläft und einer spricht, das ist gewiss Politunterricht. Walter war in der Kompanie der zweitälteste, älter als der Zugführer und der Kompaniechef. Nur der Hauptfeldwebel war zwei Jahre älter. In der Kompanie galt ein strenges Regiment. Aber achtzig junge Leute waren nicht so leicht zu leiten. Dienstvorschriften wurden häufig umgangen. Aber es gab auch Tage, da war man so sauer, dass man die Fäuste in der Tasche ballen musste.

Walter wurde nach sechs Monaten zum Gefreiten ernannt, die anderen nach neun Monaten. Da hatte wohl das Alter den Grund gegeben. Aber von den anderen wurde er Treibhaus-EK genannt.

Zu Walters Freude gab es einen Armee-Fußball-Klub und eine Kompanie-Mannschaft. Fast jeden Sonntag hatten sie ein Spiel in Mecklenburg-Vorpommern. Daher hatte Walter nie Wochenend-Wachdienst. Durch den vielen Sport und den regelmäßigen Tagesablauf war Walter bald gesünder als zur Einberufung.

Im April 1968 wurde er aus der Armee entlassen. Sohn Jörg war jetzt drei Jahre alt. Er war leider nicht ganz gesund und musste für drei Monate zur Untersuchung in die Charité Berlin. Jörg wurde mit der Diagnose Epilepsie entlassen. In der Ehe mit Ingrid kriselte es und sie war richtig zerrüttet, als Ingrid 1969 ein Kind von ihrem Chef bekam. Ein Jahr später wurde die Ehe geschieden.

Walter war immer noch im Hansa-Café und im LEW tätig. Die doppelte Belastung wurde ihm zu viel. So nahm er in der Jägergaststätte in Finkenkrug einen Job als Büffettier an. Im Hansa-Café arbeitete eine Frau namens Doris als Bardame. Hauptberuflich arbeitete Doris in Potsdam in der Bezirksleitung. Sie hatte studiert und bekleidete den Posten einer Diplomvolkswirtschaftlerin. Im Hansa-Café kamen Doris und Walter sich näher. Doris Mann war Alkoholiker und ihre Ehe sollte auch geschieden werden. Nach beiden Scheidungen zog Walter zu Doris. Doris hatte einen Sohn im gleichen Alter wie Walters Sohn Jörg.

Die Gaststätten waren alle in der HO, gehörten der HO-Kreis Nauen an. Diese wiederum wurde von der HO Oranienburg geleitet. Der Direktor aus Nauen stattete den Gaststätten ab und zu einen Besuch ab. Einmal sprach er Walter auf seine Qualifikation an: „Elektriker ist ja schön, aber einen Facharbeiter Kellner zu haben, wäre auch gut. In Oranienburg beginnt jetzt ein zweijähriger Kurs. Dort würde ich Sie gern sehen." Also erklärte Walter sich bereit, diesen Kurs zu besuchen. Jeden Donnerstag fuhr er nach Oranienburg für acht Stunden Schule.

Doris hatte acht Jahre lang auf einen Trabant gewartet und jetzt konnte er aus Brandenburg abgeholt werden. Das kam Walter gerade recht, denn nun konnte er bequem mit dem Trabant zur Schule fahren. Pech war nur, dass der Schuldonnerstag auf den Ruhetag in der Gaststätte fiel. Zwei Jahre ohne Ruhetag für Walter!!! Trotzdem bestand er die Prüfung zum Kellner mit der Note 1.

Der Direktor kam zum Gratulieren und sagte: „Jetzt machst du einen neuen Kurs zum Gaststättenleiter!" Walter war nicht begeistert, aber er fügte sich. Der Lehrgang dauerte zum Glück nur ein Jahr. Leider fiel der Schultag wieder auf den Donnerstag.

1974 wurde eine Gaststätte frei, die Quelle. Die Quelle war zu dieser Zeit eher eine Kneipe. Hier sollte Walter nun tätig werden und der Direktor versprach sich einiges davon: „Du kannst die Quelle auf ein besseres Niveau bringen, Walter. Auch erwarte ich, dass der Umsatz steigt." Walter war nicht erfreut. Eins war allerdings gut an der Quelle, sie hatte Samstag und Sonntag geschlossen. Also sagte Walter zu. Zur Belohnung durfte er einen Sektlehrgang in Freyburg an der Unstrut besuchen. Eine Woche, die ihm sehr gut gefiel.

Am 1.1.1974 fing Walter dann in der Quelle an. Er hatte acht Mitarbeiter und brauchte daher selbst nur an zwei Tagen in der Woche am Büffet zu arbeiten. Aber zuerst wurde die Kneipe renoviert. Die Wände erhielten einen neuen Anstrich, neue Lampen ersetzten die alten Leuchtstoffröhren und hübsche Decken zierten die kahlen Tische. Das Büffet bekam einen Aufsatz. Walter war ein Organisationstalent, so dass viele Bauarbeiter, Maler, Elektriker und Tischler für wenig Geld mit Hand anlegten. Innerhalb eines Jahres war die Gaststätte nicht wieder zu erkennen. Auch der Außenbereich erhielt neue Farben und der Kiosk wurde an das Bierfass im Keller angeschlossen. Bereits ein Jahr nach der Neueröffnung war der Umsatz auf das Doppelte gestiegen. Walter wurde nun zum zweiten Mal Aktivist.

Doris arbeitete indessen als Hauptbuchhalterin in Falkensee bei der Wasserwirtschaft. Der Betrieb besaß in Neuendorf auf der Insel Hiddensee ein Ferienhaus. Dort konnten sie 1972 traumhafte Urlaubstage verbringen. Die Insel Hiddensee gehört zu den schönsten deutschen Inseln. Und Doris wurde in den nächsten Jahren für die Urlaubsreisen verantwortlich. So ging es 1973 nach Sotchi. Urlaube in der Sowjetunion waren in den nächsten Jahren die Ziele. Ab und zu bekamen sie einen Brief von Walters Eltern. Nun war doch endlich ein Wiedersehen in greifbare Nähe gerückt.

Doris hatte eine Freundin beim Reisebüro in Falkensee. Sie konnte ihnen 1974 einen interessanten Reiseverlauf vorschlagen: Es sollte für eine Woche nach Sotchi gehen, dann mit dem Zug nach Georgien in deren Hauptstadt Tiflis, drei Tage nach Armenien in die Hauptstadt Eriwan und wieder drei Tage nach Aserbeidschan in die Hauptstadt Baku. Auf dem Rückweg würden sie mit einem Tag Aufenthalt in Moskau nach Berlin fliegen.

Walter schrieb einen Brief an die Eltern und teilte ihnen mit, wann sie in Sotchi sein würden. Er konnte es kaum erwarten, dass die Reise losging, hoffte er doch, seine Eltern sehen zu können. In Sotchi angekommen, hielten sie Ausschau nach seiner Familie. Niemand war zu sehen. Die Enttäuschung war groß. Am zweiten Urlaubstag dann schließlich die Überraschung. Sie lagen nichts ahnend am Strand. Gegen zehn Uhr lief eine Hotelangestellte aufgeregt den Strand entlang und rief: „Herr Schreder! Herr Schreder!" Als sich

Walter meldete, sagte sie: „Herr Schreder, sie haben Besuch." Sofort liefen sie zum Hotel und trauten ihren Augen nicht: Vier Autos und acht Personen standen vor dem Hotel. Walters Mutter rannte ihm gleich entgegen, umarmte ihn und wollte ihn gar nicht mehr loslassen. Was für eine Freude! Walters Schwestern, Irene und Lilly, seine beiden Schwäger, seine Nichte und zwei Freunde der Familie waren ebenfalls zur Begrüßung gekommen. Walters Vater konnte leider nicht kommen, er war herzkrank und die Aufregung wäre zu viel für ihn gewesen.

Nach einer Stunde hatte sich die erste Aufregung gelegt. Jetzt sollte das Wiedersehen gefeiert werden. Sie fuhren zu einem der Freunde, welcher nur eine halbe Stunde Autofahrt vom Hotel entfernt in einem großen Haus im Kaukasus lebte. Dort erwarteten sie noch ein paar Freunde. Und nun wurde erst einmal etwas getrunken, es gab natürlich Wodka. Walters Mutter hielt die ganze Zeit seine Hand. „Ich habe dich zweiunddreißig Jahre nicht gesehen, weil meine Schwester, deine Tante Alide, dich gestohlen hat.", sagte sie.
„Aber ich war doch krank." erwiderte Walter.
„Ja, aber danach hätte sie mit dir zu uns nachkommen können. Aber nein! Sie ist mit dir nach Deutschland geflohen.", antwortete die Mutter.

Walter erzählte ihr nun alles: „Tante Alide hatte es gut mit mir gemeint. Sie war fleißig und hat mir alles gegeben. Sie hat mich durch die Schule gebracht und dafür gesorgt, dass ich einen guten Beruf erlernen konnte. Leider ist sie 1955 gestorben. Danach musste ich alles selbst besorgen. Ich habe jetzt drei Berufe und eine gute Arbeit." Walters Mutter lenkte ein. „Das ist sehr gut, dass aus dir was geworden ist."

Zwei Männer aus der Runde kochten jetzt Plow. Das ist ein Gericht aus Reis und Hühner- oder Hammelfleisch mit Gemüse. Einer der Männer war Usbeke und er erklärte Walter:

„Nur Männer können Plow kochen."

Die Frauen lächelten und deckten die Tische. Es wurde ein richtiger Prassnik – Essen – Getränke – alles reichlich! Inzwischen war es dunkel geworden und Walter fragte, wann sie zurückfahren würden.

„Heute fährt keiner mehr. Noch feiern wir und für euch ist das Bett schon gemacht."

Ungefähr um Mitternacht war dann Bettruhe. Morgens waren die Tische fürs Frühstück gedeckt. Walter wurde unruhig: „Im Hotel werden sie schon nach uns suchen."

Die Bekannten beruhigten ihn: „Ja, ja, wir werden noch fahren."

Es wurde zehn Uhr, bis es endlich losging.

Im Hotel empfing sie ein großer Auflauf. „Herr Schröder, wo waren sie? Wir haben sie schon mit der Polizei gesucht." Walter sagte: „Ich war bei meiner Mutter, die ich zweiunddreißig Jahre nicht gesehen hatte. Und wieso muss ich mich in diesem Hotel abmelden?"

Jede Reisegruppe hatte einen SED-Genossen an Bord, der mit weiteren Parteimitgliedern eine Parteigruppe bildete.

Dieser Genosse hielt eine Parteisitzung ab und erklärte: „Genosse Schröder..." Weiter kam er nicht, denn Walter rief empört: „Ich bin kein Genosse!" Darauf korrigierte sich der Mann und sagte: „Kollege Schröder, normalerweise hätten wir sie jetzt nach Hause schicken müssen. Nach Beratung mit den russischen Freunden jedoch ist ihr Besuch bei ihrer Mutter höher einzuordnen und sie können weiter in dieser Urlaubsgruppe bleiben."

Am Abend ging die Fahrt dann weiter, mit dem Zug nach Tiflis. Sie reisten im Schlafwagen.

In jedem Waggon gab es einen Samowar zum Teekochen. Morgens gab es Frühstück und mittags kamen sie in Tiflis an. Dort gab es Mittagessen im Hotel und anschließend brachen sie zu einer Stadtführung auf.

Es stand noch ein Denkmal von Stalin in dieser Stadt. Auf ihre Frage, was Moskau dazu sagt, da Stalin in Moskau doch aus dem Mausoleum umgebettet worden war, hieß die Antwort nur: „Moskau ist weit."

An einem Eiswagen wurden sie von der Verkäuferin gefragt:" Was wollen sie haben?" Sie sprach richtig gut Deutsch. Sie kamen ins Gespräch und die Verkäuferin erzählte, dass sie in Potsdam studierte und jetzt im Urlaub Geld verdiente. Abends fand eine Show statt.

Am dritten Tag fuhren sie mit dem Bus nach Eriwan. Unterwegs machten sie an einem hohen See, dem Sewan-See, eine kleine Pause. Während einer Reifenpanne schimpfte der Fahrer: „Sch...indische Reifen!" Eriwan war eine sehr schöne Stadt. Vom Hotel sah man auf den Berg Ararat. Der Besuch im Dom war für Doris und Walter besonders beeindruckend. Hier war hinter Panzerglas ein Brett der Arche Noah ausgestellt. Die Besucher erfuhren, dass die Zarin Katharina die Große auch ein Brett der Arche nach Sankt Petersburg bekommen hatte. Sie hatte dafür der Kirche eine goldene Kutsche geschenkt.

In einer Höhle wurde es dann peinlich für die Reiseteilnehmer. Sie sollten ein Lied singen, um das große Echo in dieser Höhle bewundern zu können. Die Reiseleiterin stimmte das Lied „Sah ein Knab ein Röslein steh´n" an. Die deutsche Reisegruppe sang die erste Strophe noch mit und dann verließ sie die Textkenntnis, die Reiseleiterin sang nur noch allein. Blamage!!! Abends gab es wieder Folklore.

Am nächsten Tag flogen sie mit dem Flugzeug nach Baku. Die Hauptstadt von Aserbeidschan. Aserbeidschan ist ein Erdölstaat. Im Kaspischen Meer waren viele Pumpen aufgebaut. Mit dem Bus fuhren sie zwei Kilometer aufs Meer hinaus, um die Erdölanlage zu besichtigen. Auf die Frage der Reiseteilnehmer, warum so viele im Meer lagen, hieß es: „Damit da drüben der Schah nicht so viel bekommt."

In der Stadt hatte man eine Karawanserei zu einer großen Nachtbar umgebaut. Die Kamelställe waren mit Teppichen ausgeschmückt und in der Mitte stand ein großer runder Tisch. Man saß auf Kissen. Draußen auf dem weitläufigen Hof mit einer riesigen Pumpe spielte die Kapelle. Zwei Angestellte in schwarzer Garderobe tanzten wie Irrwische zu der Musik. Plötzlich begann ein Chor das Lied „Die Internationale" zu singen. Auf die Frage, woher sie kämen, antworteten sie: „Die Kommunistische Partei Spaniens." Die Deutschen sangen nicht mit und gingen nach und nach.

Am nächsten Tag flogen sie zur letzten Station ihrer Reise. In Moskau besichtigten sie die Metro und waren schwer beeindruckt. Die Moskauer U-Bahn war mehr als schön, einmalig auf der Welt. Nach einer Übernachtung ging es zurück Richtung Heimat. Sie landeten am Abend in Berlin. Sie hatten viel zu erzählen, aber bald holte sie der Alltag wieder ein.

Walter hatte in seiner Gaststätte sehr viel zu tun. Dann musste er eine andere Gaststätte mit übernehmen, bis dort ein neuer Leiter gefunden wurde. Also hieß es vormittags Arbeit in der eigenen Gaststätte und nachmittags Arbeit in der leiterlosen Gaststätte. Das waren sechs anstrengende Wochen. Und wieder einmal ohne Ruhetag!

Für das Jahr 1975 konnte Doris bei ihrer Freundin im Reisebüro eine neue Reise buchen. Im Sommer konnten sie die Seidenstraße besuchen. Zu der Zeit war es üblich, dass Reisen in die Sowjetunion über Moskau gingen. Also flogen sie von Berlin nach Moskau. Dort war ein Besuch des Lenin-Mausoleums auf dem Roten Platz vorgesehen. Ohne Voranmeldung musste man Stunden auf dem Roten Platz warten, um den Sarg des Gründers der Sowjetunion, Wladimir Iljitsch Lenin, besichtigen zu können. Die Bürger aus dem ganzen Land standen hier geduldig in der Schlange und warteten.

Von Moskau flogen sie nach Taschkent. Hier hatte 1966 ein Erdbeben die ganze Innenstadt zerstört. Die Reiseteilnehmer staunten, da alles nicht nur wieder aufgebaut, sondern sämtliche Fundamente erdbebensicher instandgesetzt waren.

Bei der Stadtrundfahrt sahen sie den Staatszirkus und wenig später meinte der Reiseleiter: „Hier sehen sie den Zirkus fürs Leben. Das ist das Standesamt." Der Zirkus war in der Sowjetunion sehr beliebt und so hatte man für Walter und die Mitreisenden natürlich für den Abend einen Besuch im Staatszirkus organisiert. Das war wirklich sehenswert. Walter und Doris waren beeindruckt.

Am nächsten Tag flogen sie nach Samarkand. Diese Stadt erschien Walter wie ein Märchen aus Tausendundeiner Nacht. Die Medressen (Islamschulen!) zogen alle Besucher in ihren Bann. Die Reisegruppe durfte auch hinein. Die Studenten waren alle in den Koran vertieft. Leider konnten sie sich nicht unterhalten.

Von Samarkand flogen sie nach Buchara. In Buchara waren vor allem die Kunsthandwerker sehenswert. Sie stellten viele schöne Sachen aus. Die Reiseteilnehmer kauften viele Mitbringsel. In Buchara gab es auch einen schönen Markt mit sehr großem Angebot an Obst. Zur Reisegruppe gehörten zwei ältere Damen, die beim Essen sehr vorsichtig waren. Alles musste gewaschen werden und Hammelfleisch sollte man ihrer Meinung nach auch nicht essen. Einmal gab es zum Frühstück gekochte Eier. Da rief ein Herr über den Tisch: „Meine Damen, nicht essen! Das sind Hammeleier." Die Gruppe konnte nicht aufhören zu lachen, während die Damen sehr pikiert und richtig beleidigt waren.

Von Buchara flogen sie weiter nach Urgentsch. Dort gab es riesige Baumwoll-Plantagen. Die Pflückerinnen trugen schwarze Tücher bei ihrer Arbeit auf den Feldern, und das bei 35 Grad.

Der Flug ging jetzt zurück nach Moskau. Hier wurde die All-Union-Ausstellung besucht. Im Gegensatz zu Urgentsch konnten sie hier die neuesten Baumwoll-Pflückmaschinen besichtigen. Es gab auch amerikanische Maschinen zu sehen, aber diese taugten angeblich nichts. Die Wirklichkeit hatten sie in Urgentsch gesehen, schwarze Bekleidung von Kopf bis Fuß.

Sehenswert und stark besucht war die Kosmonauten-Halle, hier waren viel Raketen ausgestellt und Bilder vieler Kosmonauten.
Dann ging es wieder zurück nach Berlin. Der Arbeitsalltag hatte sie schnell wieder voll im Griff.

Wenn sie samstags und sonntags frei hatten, fuhren sie mit dem Trabant durch die DDR. Besonders gefielen ihnen die Fahrten zum Karneval nach Oberhof in Thüringen. Die

Thüringer waren süchtig nach Karneval und dort konnte man feiern wie in der Karnevalhochburg Köln.

1976 ergatterte Doris für sie im Reisebüro eine Traumreise. Wie üblich sollte es in die Sowjetunion gehen, aber diesmal war das Hauptziel der Baikalsee. Sie flogen wieder von Berlin nach Moskau und dann weiter nach Turkmenien, in die Hauptstadt Aschgabat. Dort gab es außer Natur für sie nicht viel zu sehen. Dann flogen sie weiter nach Kirgisien, in die Hauptstadt Bischkek. Dort war es ähnlich wie in Turkmenien.

Aber dann flogen sie nach Alma-Ata, der Hauptstadt von Kasachstan, und waren begeistert von der Eisschnelllaufbahn MEDEO. Hier, in knapp 2000 Metern Höhe, trainierten Spitzensportler, unter anderen auch die Eisschnell-Läufer der DDR. Dieses Training bescherte den DDR-Sportlern viele Medaillen bei Weltmeisterschaften und Olympiaden.

Auf der Busfahrt dorthin hatten sie in einer Jurte gerastet. Die Wirtin schenkte jedem ein Glas Milch ein, aber nicht Kuhmilch, wie sie es von zu Hause kannten, sondern Kamelmilch. Ein Spaßvogel aus der Reisegruppe rief: „Die schmeckt am besten mit Wodka." Das gab ein großes Gelächter.

Alma-Ata war eine sehr gepflegte Stadt. Der Reiseleiter erklärte: „Die Bar in diesem Hotel ist die Einzige, die bis zwei Uhr nachts geöffnet hat." In der Sowjetunion wurden alle Bars normalerweise zwischen zweiundzwanzig Uhr und vierundzwanzig Uhr geschlossen.

Am Abfahrtstag gingen sie noch baden, es war 35 Grad warm. Nachmittags fuhren sie mit dem Bus zum Flugplatz. Sie starteten Richtung Baikalsee.

Abends landeten sie in Nowosibirsk und hatten zwei Stunden Aufenthalt. Dort war das Wetter kalt und regnerisch, was für ein Unterschied zum Wetter am Vormittag. Damit hatten sie nicht gerechnet. Sie hatten nur Sommerkleidung an. Keiner hatte ihnen gesagt, dass sie andere Kleidung benötigen würden.

Walter bekam schon auf dem Flug nach Irkutsk starken Schnupfen. An den Koffer kam er nicht, so nahm er dankbar jedes Taschentuch, das ihm von den anderen gereicht wurde. Gegen Morgen endete der Flug und nun aber ab zum Hotel. In einem kleinen Saal bekamen sie Frühstück. Walter sammelte alle Servietten von den Tischen ein. So mit provisorischen Taschentüchern ausgerüstet, konnte der Tagesausflug beginnen.

Gegen zehn Uhr startete der Bus zum Baikalsee, dem Abfluss der Angara. Es war eine Fahrt wie im Märchen. Mittagessen gab es in einer höhergelegenen großen Gaststätte. Hier war die Aussicht auf den Baikalsee atemberaubend. Dann standen sie endlich vor dem großen See. Mit den Füßen erkundeten sie das Wasser. Sie bekamen aber nicht viel Zeit dafür zugestanden, bald ging es los zur Stadterkundung. Irkutsk war eine schöne alte Stadt. In einer Straße war eine Wasserpumpe aus dem 17. Jahrhundert immer noch für die Bewohner in Betrieb.

Am dritten Tag flogen sie nach Krasnojarsk. Hier war es noch kälter als in Irkutsk. Sie besuchten das in der damaligen Zeit größte Wasserkraftwerk der Welt. Der Stausee war so groß, dass man kaum die Umrisse erahnen konnte. Fotografieren war verboten, dafür durften sie in der Turbinenhalle alles besichtigen.

Nun war diese schöne Reise zu Ende. Der Rückflug ging nach Moskau mit Zwischenlandung in Omsk. In Moskau konnten sie übernachten und dann flogen sie zurück nach Berlin.

1977 war ein besonderes Jahr. Eines Tages kam ein Nachbar zu ihnen. Er brachte ihnen eine Telefonnummer eines russischen Leutnants. Der Nachbar hatte in Stendal auf Montage gearbeitet

und hatte auf seinem Firmenfahrzeug die Adresse von Falkensee zu stehen. Der russische Leutnant sprach ihn daraufhin an: „Sie kommen aus Falkensee? Kennen sie zufällig einen Walter Schröder? Der wohnt in der Coburger Straße."
„Ja, den kenne ich", antwortete der Nachbar, „der wohnt in meiner Nachbarschaft."
Der Leutnant fragte: „Würden Sie ihm bitte diese Telefonnummer geben? Ich stamme aus der Heimat seiner Eltern, von denen habe ich die Adresse von Herrn Schröder."
„Ja, das mache ich.", antwortete Walters Nachbar.

Sie konnten es erst nicht glauben, aber nach dem Telefongespräch mit dem Leutnant in Stendal waren sie sehr gespannt. Sie fuhren mit dem Auto nach Stendal. Am Bahnhof erwartete sie der Leutnant, er hieß Alexander, und es gab ein fröhliches Treffen. Alexanders Vater wohnte auch in Rayerka, wie Walters Eltern. Er hütete dort eine große Schafherde. Alexander erklärte ihnen, wie sie es schaffen konnten, die Eltern in Rayerka besuchen zu dürfen. Dazu müssten sie nach Berlin fahren zur russischen Botschaft und einen Besuchsantrag stellen.

Die russische Botschaft befand sich in der Straße Unter den Linden. Doris hatte durch ihren beruflichen Werdegang Erfahrung mit Behörden und bekam tatsächlich einen Termin. Also fuhren

Walter und sie zum Termin in die Botschaft. Sie wurden höflich begrüßt und Walter erklärte ihr Anliegen. Er musste seinen Lebenslauf darstellen und verschiedene Formulare ausfüllen. Schließlich entließ man sie mit den Worten: „Sie bekommen von uns Bescheid." Es vergingen drei Monate, bis aus Moskau tatsächlich Bescheid kam, dass die Reise stattfinden durfte und ihnen die nötigen Unterlagen zugeschickt würden.

Nach wiederum acht Wochen bekamen sie ein dickes Kuvert zugeschickt. Es enthielt einige Unterlagen mit vielen Stempeln. Jetzt konnten sie bei Intourist die Flugunterlagen bestellen. Sie kamen durchaus ziemlich schnell: Flug nach Moskau – Weiterflug nach Krasnodar – Flug nach Moskau – Weiterflug nach Berlin. Den Eltern wurde die Ankunftszeit in Krasnodar geschrieben: 1.Juli, 21 Uhr.

Endlich war es dann soweit. Die Reise in Walters Heimat begann um 13 Uhr, das Flugzeug in Richtung Moskau startete. Dort mussten sie zum Inlandflugplatz Scheremetkowo. Sie nahmen ein Taxi. Die Fahrt durch ganz Moskau dauerte zwei Stunden. Auf dem Flugplatz wartete schon eine Mitarbeiterin von Intourist auf sie.

Nun begann die letzte Etappe zu den Eltern. Sie landeten pünktlich in Krasnodar. Wieder standen vier PKW und sechs Familienmitglieder zum Abholen bereit. Walters Mutter nahm ihn in die Arme und bis zur Ankunft Zuhause wurde er nicht mehr losgelassen. Zuhause war der große Tisch gedeckt und der Samowar war auch schon heiß. Alle Anwesenden mussten erstmal einen Begrüßungs-Wodka heben.

Das Haus der Eltern war sehr geräumig. Es gab drei Zimmer und eine Küche. Die Dusche im Garten wurde von der Sonne ständig heiß gehalten. Auch gab es eine Sommerküche. Hier wurde im Schnitt zehn Monate im Jahr gekocht. Der Garten war sehr groß und ernährte die Familie das ganze Jahr mit Gemüse und Obst. Vieles wurde zweimal jährlich geerntet.

Der Hof wurde von einer Mauer umgeben und war so groß, dass fünfzig Leute bequem Platz fanden. In den zehn Tagen des Aufenthaltes waren abends nie weniger als zwanzig Leute aus dem ganzen Dorf anwesend. Alle wollten den verlorenen Sohn begrüßen. Der Mann von Walters Schwester Lilly war Grieche und arbeitete als Feuerwehrmann – 24 Stunden Dienst und 48 Stunden frei. Walter kam sehr gut mit ihm aus. Er fuhr mit Walter durch das ganze Dorf und überall wurden sie mit Brot & Salz begrüßt, natürlich immer auch mit Wodka. Einmal sagte der Grieche zu Walter. „Du musst jetzt aber fahren."

„Warum?", fragte Walter.

„Ich habe zu viel getrunken.", erwiderte er, „und wenn die Polizei kommt, ist der Führerschein weg."
Walter antwortete: „Aber ich habe doch genauso viel getrunken."

„Das stimmt, aber dir können sie den Führerschein nicht wegnehmen, er ist doch in Deutschland."
Sie kamen gut nach Hause, aber Walters Mutter schimpfte sehr. Das war Walter sehr peinlich, wollte er doch seiner Mutter keinen Ärger machen. Abends kamen wieder viele Leute. Sie brachten Wodka und Wein mit. Lilly saß neben Walter und passte auf, welcher Wodka Walter hingestellt wurde. Manche Gläser nahm sie ihm einfach weg. „Das ist Selbstgebrannter", flüsterte sie ihm zu.

Eines Tages kam der Bürgermeister des Dorfes mit Fahrer zu Besuch. Er trug einen weißen Anzug und in seiner Tasche hatte er eine Flasche Wodka. Er kontrollierte, wo die Gäste aus Deutschland zum Schlafen untergebracht wurden. Deshalb hatten die Eltern darauf bestanden, dass sie in den Ehebetten im Schlafzimmer übernachten sollten. Das war vorher schon festgelegt worden. Der Bürgermeister sprach ein bisschen Deutsch.

Als die Wodkaflasche geleert war, fragte er: „Walter, wann kommen sie wieder her?" Walter antwortete: „Wenn die Straße überholt ist. Gestern im Regen hatte ich sehr schmutzige Schuhe." Der

Bürgermeister lachte: „Dafür haben wir jetzt noch kein Geld."

Der Vater von Alexander besaß riesige Schafherden. Er veranstaltete am Schwarzen Meer ein Grillfest. Sie waren etwa zehn Personen, die ans Meer fuhren. Die Fahrt dauerte circa. eine halbe Stunde. Zwischen Meer und Wald hatte Alexander einen großen gemauerten Grill zu stehen. Die Männer grillten und die Frauen schälten Kartoffeln und Gemüse. Nach der ersten Mahlzeit rannten alle ins Wasser. Es wurde gebadet und dann ging es wieder an den Grill. Das Schaf musste ja aufgegessen werden. So ging es den gesamten Nachmittag.

Abends waren wieder Gäste auf dem Hof und Walter lernte immer noch neue Leute kennen. Sein Vater setzte sich zu ihm, umarmte ihn und sagte: „Nun habe ich dich nochmal gesehen, jetzt kann ich in Ruhe sterben."

Die Tage vergingen wie im Flug. Die Abreise rückte immer näher. Die Fahrt zum Flugplatz wurde wieder von zehn Personen begleitet. Der Abschied fiel allen sehr schwer, war es doch wahrscheinlich das letzte Treffen. Walter und Doris flogen nach Moskau, dort fuhren sie wieder mit dem Taxi nach Scheremetjewo, von wo aus der Flug nach Berlin startete.

Walter sah seine Eltern nicht wieder. Sein Vater starb ein halbes Jahr später und die Mutter ein Jahr später. Heute lebt nur noch die Schwester Lilly.

In Falkensee gab es zum Jahresende einen Jahrhundertwinter mit reichlich Eis und Schnee. Die Waren für Walters Gaststätte wurden von der Armee geliefert. Die geplanten Silvesterfeiern fielen aus. An manchen Tagen brach die komplette Stromversorgung zusammen. Walter und Doris hatten eine schwierige Zeit.

Schließlich trennten sie sich im Guten und ohne Zank. Auch das Guthaben wurde friedlich geteilt. Walter hatte inzwischen den Trabant verkauft und einen Skoda 100 erworben. Er zog zu seiner Freundin Christa. Sie hatte bereits zwei Kinder, einen sechzehnjährigen Sohn und eine siebenjährige Tochter. Christa arbeitete zu der Zeit in der größten Gaststätte in Falkensee als Büffettiere. Als Walter bei ihr einzog, wechselte Christa mit ihrer Anstellung in Walters Gaststätte.

Christa war in Dresden geboren. So wurde in Zukunft öfter Urlaub im Raum Dresden gebucht. Aber immer nur nach Dresden reichte den beiden nicht. Sie buchten im Reisebüro eine Reise an die Wolga. Also wieder Hinflug über Moskau. Von dort ging es weiter nach Kasan. Dort gingen sie an Bord eines Schiffes. Das Ziel war der Wolga-Don-Kanal. Auf der Reiseroute lag die Stadt Ulljanow. Hier besuchten sie den Geburtsort von Lenin und seine Schule. Lenins Sitzplatz in der Schule war mit einem dicken Seil geschlossen. Die Lehrer der Schule erklärten ihnen, dass immer zum Schuljahresende der Klassenbeste jedes Jahrgangs für einen Tag auf Lenins Platz sitzen durfte. Das war für die Kinder eine Riesenauszeichnung.

Der nächste Stopp war Shigulli. Hier gab es ein riesiges Autowerk zu besichtigen. In dem Werk wurden der Shigulli und der Lada hergestellt. Auf dem Schiff krähte um sieben Uhr ein Hahn. Wer wollte, konnte am Frühsport teilnehmen. Am Heck befand sich eine Bar. Hier konnten die Nichtsportler bereits morgens einen Kaffee oder ein Glas Sekt trinken. Frühstück gab es dann um acht Uhr.

Auf einer Insel an der Wolga wurde ein Neptunfest gefeiert. Dazu wurden Essen und Trinken von Bord geholt. Das war sehr schön und angenehm. Die Wolga – ein riesiger Strom, an einigen Stellen über zwei Kilometer breit. Walter und Christa waren sehr beeindruckt von diesem Fluss.

Schließlich näherte sich ein Höhepunkt der Reise: Wolgograd, früher Stalingrad. Sie besichtigten den Mamaya-Hügel. Der Zugang führte über riesige Stufen. Die Wände waren aus Stein und Beton der ehemaligen Schlacht aufgebaut. Aus eingebauten Lautsprechern klang Schlachtenlärm. Auf dem Hügel stand eine Frauen-Statue mit einem sehr großen Schwert – die Mutter Russland. Darunter befand sich ein rundes Wahrzeichen mit einer Faust mit Fackel in der Mitte. Ringsherum hingen viele Tafeln, auf denen tausende Namen der Gefallenen standen. Dazu spielte Musik – die Träumerei von Schumann. Das gab den deutschen Reisenden zu denken. Deutschland hatte diesen Krieg angefangen und die Russen spielten zum Gedenken an die Gefallenen Musik eines deutschen Komponisten. Sie passierten nun auf ihrem weiteren Weg mehrere Schleusen, bis sie schließlich in Rostow am Don ankamen. Von dort flogen sie zurück, über Moskau nach Berlin.

Die größte Gaststätte in Falkensee hieß „Zentral" und hatte eine Leiterin. Sie fragte Walter eines Tages: „Willst du nicht mein Stellvertreter werden?"
Walter antwortete: „Ja, das würde ich gern machen."
Der Direktor und die Partei lehnten das jedoch ab, da Walter nicht in der SED war. „In dieser Gaststätte werden Lehrlinge ausgebildet, und es

geht nicht, dass ein Parteiloser dafür eingestellt wird."

Also wurde die Arbeit in der „Quelle" weitergeführt. Als der Betriebsgewerkschaftsleiter starb, war die Suche nach einem Ersatz groß. Vom HO-Handelsbetrieb würde eine Betriebsgewerkschaftsleiterin kommen, jedoch erst in einem Jahr. Für das eine Jahr ließ sich Walter Schröder überreden und sagte zu.

1981 verbrachten sie den Urlaub in der Hohen Tatra, Slowakei. Sie verbrachten zwei Wochen in Stary Smokowek und bestaunten dort die tiefen Höhlen. Der Hotelaufenthalt war zufriedenstellend und die zwei Urlaubswochen gingen schnell vorbei. Die Arbeit hatte sie wieder.

Ausgezeichnet wurden sie jährlich, einmal im Februar zum Tag des Handels und einmal im Oktober zum Tag der Republik. Walter wurde insgesamt achtmal Aktivist. Zu dieser Auszeichnung gehörte ein Abzeichen und 300 Mark.

Im Jahr 1983 führte sie die Urlaubsreise zum letzten Mal in die Sowjetunion. Wie immer flogen sie zuerst von Berlin nach Moskau. Das nächste Reiseziel hieß Alma Ata. Walter sah diese Stadt nun zum zweiten Mal. Es war wieder sehr aufregend. Dann ging es weiter nach Kirgisistan in die Hauptstadt Bischkek. Diese Stadt war langweilig.

Aber dann! Tadschikistan – Hauptstadt Duschanbe! Sie lag an den Ausläufern des Pamir-Gebirges und war einfach herrlich. Sie besuchten ein großes Wasserkraftwerk. Die Männer trugen alle eine runde Kappe – schwarz, mit weißen Fäden. Das gefiel Walter. In einem Geschäft entdeckte er solche Kappen in den Farben rot und golden. Also kaufte er sich so eine bunte Kappe, setzte sie auf und ging nach draußen. Auf einer Bank saßen Männer und rauchten. Als sie Walter sahen, fingen sie laut an zu lachen. „Was haben die bloß?", fragte Walter. Die Reiseleiterin klärte ihn auf: „Diese Kappen sind nur für die Frauen." Schnell nahm er die Kappe vom Kopf. Er wollte doch nicht noch weiter ausgelacht werden. In diesem Ort sahen sie die Grenze nach Afghanistan.

Zurück in Moskau wollte man ihnen etwas Gutes tun und brachte sie nach dem Abendessen in den Kreml. Hier sollte eine große Theateraufführung stattfinden. Sie waren sehr gespannt, was gespielt werden würde. Leider war die Aufführung nur etwas für besondere Kunstkenner, ein Ballett mit dem Titel „Die Entstehung der Erde". In Russland ist eine Ballettvorführung das Beste, was es gibt. Daher wäre es nicht nett gewesen, sich von der Vorstellung abzusetzen. Und das Drumherum war wirklich beindruckend für die Gäste. In der Pause waren zehn Rolltreppen für die Theaterbesucher in Gang. In einem großen Saal waren viele Tische reichlich gedeckt mit Sektgläsern und Kanapees mit Kaviar. So gestärkt hielten sie die letzte Stunde in der Ballett-Vorführung tapfer aus.

Am anderen Morgen flogen sie zurück nach Berlin. Walter und Christa kümmerten sich wieder um ihre Gaststätte.

Im Jahr 1984 gab es für Walter eine Überraschung. Der Direktor kam zu ihm nach Hause und erzählte ihm: „Die Leiterin vom ‚Zentral' hat gekündigt, weil sie nicht nach Westdeutschland zu einer Verwandten fahren darf. Nun haben wir in der Direktion beraten und schlagen dich als Leiter vor."

„Aber ich bin doch nicht in der Partei", erwiderte Walter. „Das haben wir folgendermaßen geklärt", antwortete der Direktor, „dir wird ein Stellvertreter zur Seite gestellt, der in der Partei ist und die Lehrlinge in Obhut nimmt. Du kennst ihn und wirst mit ihm gut auskommen."

Walter war einverstanden. „Wenn das so ist, nehme ich den Posten an. Und was ist mit Christa in der ‚Quelle'?"

„Sie wird die ‚Quelle' übernehmen", sagte der Direktor, „und dann ist das Gastronomie-Zentrum von Falkensee wieder voll besetzt."

An einem Freitag fanden dann Übergabe und Inventur im „Zentral" statt.

Am Samstag waren sie, Walter und sein Stellvertreter Falk, im Büro und sahen auf dem Parkplatz gegenüber einen russischen LKW stehen. Drei Soldaten hatten die Plane hochgezogen und verkauften Gläser und Büchsen, voll mit Obst, an die Leute, die vorüber gingen.

„Falk, du kannst doch Russisch?", fragte Walter.

„Ein bisschen", sagte Falk.

„Geh doch mal rüber und frag die Russen, ob sie auf unserem Hof die gesamte Ladung an uns verkaufen würden."

Es dauerte nicht lange und der LKW stand bei ihnen auf dem Hof. Die Lehrlinge brachten die Waren in die Lager: Ananas, Kirschen, Apfelsinen, Pfirsiche. Walter besaß Protokolle für freien Aufkauf und die wurden ausgefüllt. Der russische Offizier unterschrieb und bekam das Bargeld: 2250 Mark. Auch die Nummer des Autos wurde vermerkt.

Samstagabend war immer Tanz bis zwei Uhr. Falk sagte: „Ich mache heute Abend Dienst, du kannst nach Hause gehen." Also machte Walter Feierabend.

Um siebzehn Uhr war der Direktor bei Walter zu Hause. „Was hast du angestellt", fragte er.

Walter fragte: „Wieso?".

Daraufhin sagte der Direktor nur: „Komm jetzt mit!".

Der große Direktor, der Kaderleiter und der Parteisekretär erwarteten sie bereits. „Wie kannst du das ganze Obst aufkaufen? Das war für die Bürger bestimmt." wurde Walter gefragt.

„Ich verkaufe das doch an meine Gäste, das sind auch Bürger", antwortete Walter. Nur der Kaderleiter stand ihm bei: „Wir sind doch Händler, das heißt handeln. Kollege Schröder hat gehandelt und hat für seine Gäste knappe Waren besorgt. Die Ware wurde gekauft und ist ordentlich in den Belastungsbüchern eingetragen."

Der Direktor lenkte ein: „Wir werden von einem Verweis absehen, weil das noch nie vorgekommen ist."

Die Gaststätte „Zentral" war im Kreis Nauen die umsatzstärkste. 1984 erwirtschafteten sie einen Umsatz von 1,4 Millionen Mark, circa 50 Prozent davon erzielte der Küchenbereich, gefolgt von Büffet und Bar. Es waren meist vierzig bis fünfundvierzig Kollegen angestellt, davon dreißig bis fünfunddreißig Frauen. Die Gaststätte öffnete täglich von elf bis zweiundzwanzig Uhr, samstags bis zwei Uhr. Jeden Samstag gab es ab zwanzig Uhr Tanz. Sehr viele Betriebs- und Familienfeiern wurden im „Zentral" ausgerichtet. Die Silvester- und Karnevalsveranstaltungen im Restaurant waren mit einhundertvierzig Gästen regelmäßig ausverkauft.

Im Zentral wurden Lehrlinge zum Koch oder zum Kellner ausgebildet. In jedem Jahrgang gab es vier Lehrlinge. Auch Walters Sohn Jörg wurde hier zum Koch ausgebildet. Die Lehrlinge, später Azubis, hatten zwei Tage Schule, zwei Tage frei und drei Tage Praxis. Jeden ersten Montag im Monat wurde das Lokal um siebzehn Uhr geschlossen. Dann fand die Personalversammlung statt. Das war nötig, der sozialistische Wettbewerb erforderte viel Schreibarbeit, um alles zum Tag des Handels, am zweiten Sonntag im Februar, abrechnen zu können.

Einmal im Jahr wurde die Gaststätte geschlossen für die Hygiene. Dann konnte ein Bus besorgt werden, um mit den Kollegen einen Ausflug durchzuführen. So waren sie im Spreewald, in Oberhof, in Karlsbad, in Karl-Marx-Stadt und am Ruppiner See. Finanziert wurden diese Ausflüge von der gut gefüllten Brigadekasse.

Im Service-Personal gab es einige sehr attraktive weiblich Angestellte. Walter war auch zugänglich, und so ergab es sich, dass er nach drei Jahren ein Verhältnis mit einer sehr attraktiven Kellnerin anfing, sie hieß Lissy. Walter trennte sich von Christa.

Lissy war alleinerziehende Mutter einer zehnjährigen Tochter. Sie baute in Falkensee ein Haus. Als es 1987 fertig war, verkaufte sie an Walter ihr kleines Häuschen in Staaken. Jetzt besaß Walter dieses kleine Haus. Mit Hilfe einiger bekannter Fliesenleger, Maurer und Dachdecker ließ er dieses Haus so umbauen, dass es ganz passabel wurde. Er arbeitete täglich zwölf bis vierzehn Stunden und hatte so Zeit für sein Verhältnis. Sie verlebten über mehrere Jahre viele schöne Stunden miteinander und Walter verbrachte auch seine Urlaubstage mit Lissy.

Dann kam die Wende, die Mauer stürzte ein und sie konnten nun überall hinfahren. Das taten sie dann auch. Die Gaststätte wurde privatisiert und Walter übernahm das Risiko. Leider ging der Umsatz schlagartig zurück. Kein Wunder, in der Nähe von Westberlin mit den vielen Sehenswürdigkeiten!

Walters Restaurant bekam nun seinen richtigen Namen, es hieß wieder „Bayerischer Hof". Aus New York kamen die ehemaligen Erbauer und Besitzer des Hauses. Als erstes wurde die Miete für Walter von 2000 Mark auf 8000 Mark erhöht. Dann kamen noch einige Gebühren dazu und auch ein Steuerberater musste nun bezahlt werden. Die Westberliner witterten ein Geschäft und so konnten einige „Ossis" ihre Träume vergessen, sie zerplatzten wie eine Seifenblase.

Dann überschlugen sich die Ereignisse. Lissy hatte ihre Jugendliebe wieder getroffen. Er war jetzt ein Bundesbürger, vor einigen Jahren geflüchtet. Jetzt kam er plötzlich nach Falkensee. Er suchte Lissy und sie war sofort wieder in ihn verliebt. 1995 erklärte sie Walter: „Ich bin verliebt." Walter lachte und sagte: „Ich auch." Dann kam eine Antwort, die traf ihn wie ein Schlag ins Gesicht. „Ja, aber ich bin jetzt in Reiner verliebt." Walter konnte nicht antworten, was für ein Schock. Drei Tage später zog er um nach Dallgow. Er verkaufte sein Haus, gab die Gaststätte auf und meldete sich beim Arbeitsamt.

Jetzt hatte er Zeit zum Zeitung lesen. Durch Zufall las er Annoncen und eine gefiel ihm besonders: „Alleinstehende 50-jährige sucht Begleitung." Nach einem kurzen Briefwechsel trafen sie sich in Potsdam. Es war eine sehr gepflegte Frau und sie verstanden sich gleich gut. Ein- bis zweimal trafen sie sich in Potsdam und Dallgow. Nach kurzer Zeit wurde auch gemeinsam übernachtet. Aber 1996 war dann diese Affäre vorbei.

Es folgten noch zwei Treffen der gleichen Art, bis er noch im gleichen Jahr zu einer Frau nach Altglienicke fuhr. Die Fahrt nach Altglienicke war etwas weiter als nach Potsdam, aber es sollte sich lohnen. Ingrid war seit drei Jahren Witwe. Ihr verstorbener Mann war Architekt und hatte das Haus in Altglienicke im Bungalowstil gebaut. Es gab einen 800m² großen Garten und einen 48m² großen Swimmingpool. Sie trafen sich nun zweimal in der Woche.

Dann gingen sie jede Woche für zwei Tage auf Reisen. Ingrids Tochter war verheiratet und wohnte in Mainz. Ihr Mann war IT-Mann und sie arbeitete bei Fiat in Frankfurt. Ingrid besuchte ihre Tochter mindestens drei- bis viermal im Jahr. Walter begleitete sie auf diesen Reisen und sie nutzten die Gelegenheit, dabei viele schöne Ecken von Deutschland zu besuchen. Gemeinsam erkundeten sie Deutschland von Helgoland bis zur Zugspitze.

Ingrid war eine quirlige Frau, die es nie lange an einem Platz hielt. Sie konnte nicht einfach so auf der Couch sitzen und nichts tun. Ende 1996 zog Walter ganz zu ihr nach Altglienicke und sie kamen prima miteinander aus.

1997 buchten sie eine Reise nach Schottland. Ein Reisebüro aus Rostock bot diese Reise an. Sie wurden mit einem Reisebus in Berlin abgeholt. Die Fahrt ging nach Rotterdam, dann mit einem Fährschiff nach York. Das Fährschiff war sehr gut eingerichtet. Nach dem Abendessen wurde in einem Saal mit Bar ein buntes Programm dargeboten, viel Musik und viele Getränke. Erst gegen Mitternacht waren sie in ihrer Kabine.

Morgens nach dem Frühstück legte die Fähre in York an. Von dort fuhren sie mit dem Bus nach Schottland. An der Grenze zwischen England und Schottland legten sie eine Pause ein und feierten mit der Musik von Paul McCartney. Weiter ging es nach Edinburgh. Das Abendessen wurde von Dudelsackmusik begleitet.

Die Stadtrundfahrt am nächsten Tag war sehr interessant. Sie erfuhren viel über die Geschichte Schottlands – die ständigen Kriege und die Unterdrückung durch England. Die Schotten wurden von den Engländern gezwungen, Schafe zu hüten. Die Wälder wurden abgeholzt und das Holz nach England gebracht. Mit einem Augenzwinkern erklärte ihnen der Reiseleiter: „Die Schafe in Schottland sind deshalb so weiß, weil sie täglich geduscht werden."

An eine Begegnung mit einem Dudelsackspieler werden sie sich wohl noch lange erinnern. Als der Musiker einen falschen Ton erwischte, legte er sein Instrument ab, hob die Hände und rief laut: „Blamage!!!" Als er trotzdem Beifall erhielt, war er sichtlich gerührt.

Von Edinburgh ging es weiter in die Highlands. Sie übernachteten in einem Hotel in Inverness. In der Bar, die sie abends besuchten, wurde Folklore gespielt. Bei einem langsamen Titel standen zwei Schotten an der Bar, sangen das Lied mit und weinten dabei bitterlich. Das war sehr berührend.

Zum Frühstück gab es Rührei in einem großen Krug. Der Krug war mit Öl gefüllt, darin schwammen die Rühreier. Die meisten Reiseteilnehmer konnten und wollten das nicht essen. Der Busfahrer war auf so etwas eingerichtet. Er hatte die Küche des Busses im Griff und hielt vorsorglich Bockwurst, Wiener Würstchen und Kaffee bereit. Dazu gab es Brötchen. So mussten sie doch nicht hungrig zur Busrundfahrt starten.

Abends gab es wieder Folklore an der Hotelbar und am nächsten Tag besichtigten sie eine Whisky-Brennerei. Erst wurden sie aufgeklärt, wie Whisky entsteht und anschließend durften mehrere Sorten probiert werden. Sie vertrugen die Kostproben sehr gut und so konnten alle die Weiterfahrt zum Fort Williams genießen. Abends im Hotel gab es wieder die übliche Folklore-Veranstaltung.

Am nächsten Tag stand der Höhepunkt der Reise auf dem Programm. Es ging zum sagenumwobenen See Loch Ness. Sie besuchten die Ausstellung und sahen einen Film über das Ungeheuer Nessi. Keiner von ihnen glaubte daran, dass es dieses Ungeheuer jemals gegeben hatte, aber für diese arme Gegend war die Legende von Loch Ness ein Riesengeschäft. Viele Touristen kamen und schauten sich alles an.

Die Insel Sky besuchten sie dann nicht mit dem Bus, sondern mit der Fähre. Hier sollten frühe Missionare das Christentum eingeführt haben.

Den letzten Tag in Schottland verbrachten sie auf einem Schiff auf dem See Loch Lomond. Am größten Berg des Vereinigten Königreiches, Ben Nevis, mit einer Höhe von 1343 Metern, machten sie Rast.
Mit diesen beeindruckenden Bildern im Kopf traten sie die Heimreise an und landeten am nächsten Abend in Berlin. „Die Schotten sind nicht geizig, sondern sparsam.", dies wurde ihnen auf den Heimweg mitgegeben.

Zu Hause hatte Walter reichlich zu tun mit Rasen mähen, Hecken schneiden und kleineren Reparaturen. Ingrid war froh, dass sie Walter hatte.

Nach Weihnachten fuhren sie auf die Insel Rügen und feierten in Binz Silvester.

Im neuen Jahr meldete sich das Arbeitsamt. Walter sollte in einem Ausflugslokal im Grunewald Lehrlinge übernehmen. Die Chefin des Lokals meinte aber, er solle auch kellnern. Daraufhin fuhr Walter zum Arbeitsamt und sagte zu seiner für ihn zuständigen Bearbeiterin: „Ich werde bald sechzig und die suchen junge Leute. Wollen wir beide nicht tauschen? Sie kellnern und ich übernehme ihren Computer." Sie schaute ihn fragend an und sagte nur noch: „Raus!"

Eine Woche später kam ein Anruf vom Arbeitsamt. Er sollte sich in Köpenick beim Tourismus-Amt melden. Dort wurde ihm erklärt: „In Köpenick gab es den berühmten Hauptmann von Köpenick und ihm zu Ehren bilden wir ein paar Arbeiter aus, um den Touristen als Soldaten des Hauptmannes zweimal in der Woche am Rathaus aufzumarschieren."

Das gefiel Walter und er erklärte sich sofort bereit mitzumachen.

Am Treffpunkt bekam er eine Uniform und ein Gewehr. Das war ein guter Job. Es gab nur ein kleines Gehalt, aber damit konnte er leben, sollte es doch nur ein Übergangsjob sein.

Bundeskanzler Schröder war für Walter zur richtigen Zeit im Amt. Die hohe Arbeitslosigkeit machte es leichter, mit sechzig Jahren ohne Abzüge in Rente zu gehen. Walter stellte also einen Rentenantrag. Nach einer ärztlichen

Untersuchung wurde seinem Antrag stattgegeben. Und nach Abzug des Gehaltes vom Tourismus-Amt in Köpenick bekam er nun richtig Rente. Jetzt hatte er Zeit, Haus und Grundstück auf Vordermann zu bringen. Walter baute eine Bar ein und renovierte die Garage. Das Haus bekam eine neue Decke, der Pool wurde gesäubert, die Hecken ringsum wurden gestutzt.

In Schottland hatte Walter erfahren, dass Rasen jede Woche geschnitten werden muss, egal ob er wächst oder nicht. Also gönnte er dem Rasen am Haus nun auch einen wöchentlichen Schnitt. Doch damit nicht genug. Es gab einen Innenhof, der bekam eine Überdachung. In die Küche baute Walter einen Elektroherd und einen Heißwasser-Boiler ein. Die eingebaute Dusche erhielt eine Duschtasse und Glastüren anstatt der Vorhänge.

Als Heizung diente im Haus ein riesiger Kachelofen, der vier Räume durch Rohre heizte. Nun baute Walter auch in die Veranda einen Ofen ein, da es sich hier im Winter sehr bequem saß und man eine wunderbare Aussicht auf das ganze Grundstück hatte. Die Veranda wurde nun richtig gemütlich eingerichtet mit einem Fernseher, einem Computer und einer drei mal vier Meter großen Weltkarte an der Wand, wo man von weiteren schönen Reisen träumen konnte. Und das Beste war, Besucher, die rauchten, wurden in der

Veranda empfangen. Walter war selbst Raucher und konnte nun hier gemütlich qualmen. Auf diese Weise blieb das Wohnzimmer rauchfrei.

Für das nächste Jahr 2000 buchten Walter und Ingrid eine Mittelmeer-Reise mit dem italienischen Schiff MS Italia-Prima. Sie fuhren mit dem Reisebus nach Genua. Dort gingen sie an Bord. Barcelona war die erste Station, an der das Schiff anlegte. Sie machten eine Stadtrundfahrt und besichtigten die berühmte Sagra Familia, die bis heute nicht fertig gestellt ist. Der Besuch der Markthalle war ein großes Abenteuer. Es gab unheimlich viele Marktstände. An den Fischständen lagen die Fische auf großen Haufen und sprangen in die Höhe, sodass die Besucher die Köpfe einziehen mussten.

Die nächste Hafenstadt, welche die MS Italia-Prima ansteuerte, hieß Alexandria. Von dort fuhren sie mit einem Reisebus nach Gizeh, eskortiert von Polizisten auf Motorrädern. Die Reiseleiterin, eine Ägypterin, erzählte ihnen sehr viel Interessantes. Unter anderem gab sie einen nützlichen Ratschlag und verriet ihnen, wie man aufdringliche Händler loswerden könne. Dazu benötigte man drei ägyptische Wörter, die sich Walter gut merkte. Tatsächlich traf Walter an den Pyramiden auf einen Händler, der ihm ein schwarzes Pferd andrehen wollte, natürlich nur zum Reiten. Der

Händler gab Walter die Zügel in die Hand und wollte sofort in Dollar bezahlt werden. Walter hatte Angst, dass der Gaul ihn in der Wüste abwerfen würde und erinnerte sich an die drei Worte. Da lachte der Händler laut und sagte auf Deutsch: „Gut auswendig gelernt". Dann nahm er seinen Gaul und suchte sich einen anderen Touristen.

Die deutschen Reiseteilnehmer hörten sich höflich die Geschichte der Pyramiden und der Sphinx an. Dann fuhren sie zum Mittagessen mit dem Reisebus in ein Hotel, in dem sie ein Fanfaren-Orchester begrüßte. Sie fühlten sich geehrt. Das Essen war sehr gut und reichlich. Eine ältere Frau stand suchend am Büffet und wurde dabei von einem Kellner bemerkt. „Was suchen Sie?", fragte er. „Ich suche Kuchen ohne Zucker.", antwortete sie. Darauf war der Kellner ganz durcheinander und rief: „Kuchen ohne Zucker – wie geht das?" Also musste die Dame auf Kuchen verzichten.

In der Nacht setzten sie die Fahrt mit dem Schiff fort und fuhren nach Ashdod, einer Hafenstadt vor Jerusalem. Dort stand ein Reisebus für sie bereit, der sie zur Altstadt von Jerusalem fuhr. Die Altstadt war beeindruckend. Eine Straße hatte man mit Glas überdeckt und die Besucher konnten durch das Glas die Straße, auf der Jesus gegangen war, im Original sehen.

Anschließend ging es nach Bethlehem. Der Eingang zur Geburtskirche war so niedrig, dass sie sich bücken mussten, um das Heiligtum betreten zu können. Die Geburtsstelle selbst war als Stern gestaltet, den nur richtige Christen gebückt küssen durften. Das Dorf Bethlehem gehörte den Moslems. Es wurde durch eine Straßensperre auf der Straße nach Jerusalem, die von Soldaten bewacht wurde, vor ungebetenen Gästen beschützt.

In Jerusalem gingen sie zur Klagemauer und waren verwundert, dass die Juden die Mauer nicht mit ihren Köpfen berührten. Nach dem Besuch der Regierungsgebäude und einiger Denkmale, besichtigten sie die Grabeskirche. Die Kirche war sehr voll, da sie nicht nur von Christen, sondern auch von Juden, Moslems und Orthodoxen aufgesucht wurde. Jede Glaubensrichtung hatte eine bestimmte Zeit in der Kirche zur Verfügung. Die Stelle, an der das Kreuz gestanden haben soll, wurde von allen Gläubigen auf den Knien geküsst.

Auf der Rückfahrt zum Schiff zeigte man ihnen noch den Wiesenhang, auf dem David Goliath besiegt haben soll. Wieder auf dem Schiff brauchten sie erstmal alle etwas zu trinken und gingen dazu an die Bar, um Wahrheit und Märchen zu entdecken.

Am anderen Tag ging es nach Athen. Die Rundfahrt durch die Stadt begann mit dem Reisebus im Hafen von Piräus. Wie man ja weiß, wurde in diesem Land die Demokratie erfunden, so wie auch die Olympischen Spiele. Hier fanden 1896 die ersten Olympischen Spiele statt.

Die Reisenden wunderten sich, dass die Stadt fast leer war und die meisten Geschäfte geschlossen hatten. Sie erfuhren, dass an ihrem Reisetag, einem Sonntag, in Griechenland gewählt wurde. Wer wählen wollte, musste das in seinem Heim tun. Das erklärte die Leere in der Stadt. Sie besuchten die Akropolis und gingen wieder an Bord.

Weiter ging es nach Rhodos. Der Wirt einer Gaststätte überredete sie zum Einkehren. Es wurde ein lustiger Abend bei Rotwein und Häppchen und unterstrich einmal mehr die Gastfreundschaft der Griechen. Sie erfuhren außerdem, dass das Revier vor der Gaststätte als Filmkulisse für den Film „Kanonen von Navarone" gedient hatte und noch im Original erhalten war.

Ein Tagesausflug über die Insel, inklusive Mittagessen, zeigte ihnen viele sehenswerte Orte. Abends legte das Schiff Richtung Italien ab. Mitten in der Nacht weckte Ingrid Walter und flüsterte ganz aufgeregt: „Da draußen sind Piraten, die klettern auf unser Schiff."

Sie gingen leise nach oben und beim gemeinsamen Beobachten stellte Walter fest: „Das sind Lotsen." Sie waren in der Straße von Messina und da mussten Lotsen an Bord sein. Also konnten sie beruhigt weiterschlafen und den nächsten Tag an Bord genießen. Am darauffolgenden Tag legten sie in Salerno an. Hier genossen sie bei einer Rundfahrt die schöne Aussicht auf die Amalfi-Küste.

Am nächsten Morgen kamen sie in Neapel an und sahen den Vesuv. Mit dem Reisebus fuhren sie nach Pompeji. Diese verschüttete Stadt war sehr interessant. Ein lustiger Dolmetscher zeigte ihnen die Sehenswürdigkeiten und hatte immer einen Spaß auf den Lippen. Abends fand auf dem Schiff das Abschiedsdinner statt. Am nächsten Morgen würden sie bereits wieder in Genua sein. So schnell ging eine tolle Reise zu Ende.

Wieder zu Hause hatte Walter sehr viel zu tun. Auf dem Grundstück gab es reichlich Arbeit.

Ingrid hatte in Wilmersdorf eine Cousine. Sie hieß Marianne und wohnte dort mit ihrem Mann Peter zusammen. Ingrid besuchte die beiden jede Woche. Sie hatte zu Hause keine Ruhe und stets Angst, etwas zu verpassen. So hielt sie es nie länger zu Hause aus.

Wenn sie mit Walter nach einem langen Urlaub nach Hause kam und auch Marianne mit ihrem Peter aus dem Urlaub nach „Bad Orb" zurück war, gingen die beiden Frauen noch gemeinsam auf Reisen ohne die Männer. So reisten sie nach Cannes, zu „Rosamunde Pilcher", nach Kolberg oder Karlsbad. Nur nicht zu Hause bleiben! Ihrem Walter brachte Ingrid von diesen Reisen Geschenke mit, weil er das Haus hütete und das Grundstück in Ordnung hielt.

Zu Ingrids 60. Geburtstag veranstalteten sie eine riesige Feier. Es kamen fünfzig Gäste, das Wetter war für einen Septembertag noch so erstaunlich warm, dass sie draußen feiern konnten. Zu den Gästen zählte ihr Cousin Siegfried mit seiner Frau Karin, seinem Sohn und seiner Tochter, alles Zahnärzte. Siegfried und Karin begeisterten die Erzählungen von den Reisen so sehr, dass sie bei ihren weiteren Reisen immer mit dabei waren.

Im Jahr 2001 stand wieder eine große Reise an, die Walter und Ingrid gemeinsam unternahmen. Das Ziel hieß Rio de Janeiro. Die Anreise gestaltete sich etwas holprig. Sie mussten von Berlin Tegel über Zürich und Paris nach Lissabon. Für die letzte Etappe nach Rio de Janeiro war ein Nachtflug geplant. Die Stewardessen bemühten sich sehr um ihre Fluggäste. So etwas hatte Walter noch nicht erlebt und fand dadurch den Nachtflug gar nicht mehr schlimm. Die Fluggäste erhielten Hausschuhe, Zahnpasta und eine Bürste. Nachts deckten die Stewardessen die Passagiere mit Decken zu und achteten darauf, dass die Decken nicht wegrutschten. Richtig erholt kamen Walter und Ingrid um sechs Uhr früh am Reiseziel an. Nun fuhren sie erst einmal zum Hotel. Dort wurde gefrühstückt und sie legten schleunigst ihre warmen Sachen ab. Das Thermometer stieg bis elf Uhr bereits auf 30 Grad Celsius an. Und das im Februar, am Aschermittwoch.

Trotz der Hitze wurde die Stadtrundfahrt sehr nett. Der Reiseleiter war ein großer farbiger Athlet, der bei jeder Musik anfing zu tanzen. „Sie können mich ruhig Neger nennen", sagte er, „ich bin ein Neger und ich verstehe die Politik nicht, die das Wort Neger verbietet, weil es angeblich rassistisch ist."

In Rio gab es viel Gutes zu sehen, aber auch die Armenviertel, die sich Favelas nennen. Nach der Stadtrundfahrt gingen sie an den Strand. Die hübschen Mädchen, wie aus der Werbung, bekamen sie nicht zu Gesicht.

Am anderen Tag besuchten sie das Wahrzeichen von Rio, den großen Jesus. Von dort aus gab es einen herrlichen Ausblick auf die Stadt. Dann fuhren sie mit der Seilbahn auf den Zuckerhut und konnten dort in einem Lokal nochmals eine tolle Aussicht genießen.

Abends gab es im Hotel ein sehr gutes Essen, übrigens auch mit Fleisch vom Zebu. Das Höckerfleisch war wohl das Beste, was es gab. Natürlich bekamen die Touristen nur das Beste. Dazu gehörte auch eine Folkloreveranstaltung, die ihnen zu Ehren aufgeführt wurde.

Am dritten Tag gingen sie an Bord eines Schiffes und fuhren nach Salvador de Bahia. Salvador war eine vielbesuchte Stadt, in den gepflasterten Straßen trafen sie auf viele andere Reisegruppen. Von einer Dolmetscherin erfuhren sie etwas sehr Interessantes über die Samba: „Die Samba kommt nicht aus Rio de Janeiro, sondern von diesen Straßen. Wer hier gehen kann, tanzt automatisch Samba."

Auf einmal hörten sie lustige und laute Lieder aus einer Kirche. Neugierig gingen sie in die Kirche hinein. Sie sahen viele bunt gekleidete Menschen, die tanzten und sangen. Ein Pfarrer oder Medizinmann gab immer das Zeichen für Gesang oder Tanz, sehr anschaulich. Auf dem Marktplatz sahen sie viele Frauen in der Kleidung, die zur Zeit der Sklaverei modern gewesen war. Sie flanierten vor einem Denkmal eines Bischofs, den die Sklavenaufseher gegessen haben sollen. Fotografieren war erlaubt, aber nur gegen Bezahlung mit Dollar.

Am nächsten Tag brachen sie auf nach Recife. Es war sehr heiß. Auf der Straße stand ein Eiswagen, aber ohne Eis, stattdessen gab es gekühlte Getränke zu kaufen. Ein kaltes Bier wurde von allen sehr gern getrunken. So gestärkt hatten sie Freude beim Besuch der Ausstellung und fuhren dann wieder zum Schiff zurück. Dort angekommen, teilte man ihnen mit, dass der Motor des Schiffes defekt war. Die Rückreise würde nun einen Tag länger dauern. Da sie dafür nicht extra bezahlen mussten, wurde dieser zusätzliche Urlaubstag gern angenommen.

Die Atlantik-Überfahrt wurde gekrönt mit einem Neptunfest bei der Überquerung des Äquators. Die Reise ging auf Kurs zum Senegal, nach Dakar. Die Stadtrundfahrt in Dakar spiegelte das Leben der Einwohner sehr gut wider. An einer langen Mauer standen circa hundertfünfzig Einheimische mit Taschen und Decken. Die Reiseführerin erklärte: „Hinter der Mauer befindet sich das Krankenhaus. Die wartenden Leute sind Angehörige, die ihre kranken Familienmitglieder besuchen. Die Kranken werden von ihren Familienclans versorgt. Sie waschen ihre Familienangehörigen, geben ihnen Essen und machen das Bett. Es gibt keine Krankenschwestern. Nur die Ärzte haben Mitarbeiterinnen."

Das beeindruckte Walter sehr, was die Familien hier offensichtlich tagtäglich leisteten. Der Senegal gehörte als Kolonie zu Frankreich. Die Unterstützung der Franzosen hielt sich jedoch in Grenzen. Auf den Straßen fuhren sehr viele Autos ohne Katalysator, die räucherten dementsprechend. Hierbei handelte es sich um die ausrangierten Autos, die von Frankreich in den Senegal verkauft wurden.

In einem Vorort von Dakar stand ein Affenbrotbaum mit einer riesigen Krone. Hier trafen sich Bewohner mit Stuhl oder Hocker und hielten ein großes Palaver.

In Dakar sahen sie sich ein riesiges Gebäude an, welches zur Sklavenzeit eigens dazu errichtet worden war, um die gefangenen Sklaven, die verkauft und dann von Dakar nach Amerika gebracht wurden, dort unterzubringen.

Die Reise führte sie nun nach Casablanca. Der Verkehr in dieser Stadt war einmalig. Pkws, Lkws, Mofas und Eselkarren dicht an dicht. Es war ein Rätsel, wie die alle ans Ziel kamen. Ein

Mitteleuropäer wäre hier wohl nie hingekommen, wohin er wollte.

Am anderen Morgen fuhren sie mit dem Bus nach Marrakesch. Die Innenstadt gefiel ihnen besonders wegen des Gauklermarktes. Viele Zauberer zeigten dort ihre Künste. Auf jeden Gaukler kamen bis zu vier Mitarbeiter, die mit einem Hut umhergingen. Sie wurden in einen Teppichladen geführt. Jeder bekam einen Tee und dann begann die Vorführung der Teppich-Produkte. Irgendwer kauft immer was, dachten die Händler wohl.

Ingrid und Walter gingen in den Suq, den traditionellen Straßenmarkt. Hier gab es Angebote wie im Märchen. Aber plötzlich, wo waren sie? Walter meinte: „Wenn wir lange genug gehen, finden wir auch einen Ausgang."
Da sprach sie ein junger Mann in perfektem Deutsch an. Er sagte: „Ich führe sie zum Ausgang."
„Woher können sie so gut Deutsch?", wollte Walter wissen. „Mein Onkel wohnt in Hamburg und hat dort eine Bäckerei. Da bin ich sehr oft zu Besuch.", antwortete der junge Mann und schon waren sie am Ausgang. Walter gab ihm seinen letzten Dollar und bedankte sich für die Hilfe.

Plötzlich hatte Walter einen Affen auf der Schulter, der krallte sich richtig fest. Ein Marokkaner sagte: „Einen Dollar bitte!" Doch Walter hatte nun keinen

Dollar mehr. Deshalb sagte er: „Ich muss zur Bank, mein Geld ist alle."

„Da ist eine Bank. Komm!", sagte der Marokkaner. Vor der Bank standen zwei Polizisten. Der Marokkaner war wie vom Erdboden verschluckt und der Affe war auch weg. Ein Glück für Walter.

Nach einem guten Essen fuhren sie wieder zum Hafen nach Casablanca und gingen dort an Bord. Als nächstes legten sie in Cádiz in Spanien an. Gleich am Morgen ging es mit dem Bus nach Sevilla. Dort besichtigten sie die Stadt und gingen in den Dom. Dieser Dom war ein ganz Besonderer. Hier lagen die Gebeine von Kolumbus, und zwar das dritte Mal.

Abends fuhren sie mit dem Schiff weiter durch die Straße von Gibraltar. Sie hatten einen Tag Aufenthalt in Barcelona. Dort war der berühmte Dom noch immer nicht fertig. Langsam waren sie alle etwas reisemüde. Am nächsten Tag ging es nach Genua, von wo aus einige die Rückreise über Mailand nach Hause antraten. Ingrid und Walter fuhren mit dem Bus und nahmen für Ingrids Cousin, der fliegen musste, den Koffer mit nach Berlin. Es wurde eine unvergesslich schöne Rückreise.

In Berlin angekommen – der Schock. Es war Ende März und in Berlin schneite es. Von 30-40 Grad

Hitze nun in diese Kälte. Zum Glück hielt das Winterwetter nicht lange an und bald konnten sie den Garten bei Frühlingstemperaturen gestalten. Der Pool bekam eine Reinigung und neues Wasser. Die Blumen kamen nach und nach ans Licht. Der Rasen wurde nun wieder wöchentlich gemäht. Ringsherum die Hecken wurden gerade geschnitten.

Im Mai war die jährliche Reise zu Tochter und Schwiegersohn nach Mainz fällig. Da die Kinder während ihres Besuches tagsüber arbeiten mussten, unternahmen Walter und Ingrid tagsüber Rundfahrten. Sie fuhren nach Worms, nach Heidelberg, zur Loreley, nach Frankfurt, nach Wiesbaden, nach Trier mit Dampferfahrt auf der Mosel und nach Idar-Oberstein. Abends saßen sie dann mit den Kindern gemütlich zusammen.

Nach acht Tagen fuhren sie über Stuttgart nach Landsberg am Lech. Hier wohnte ein Verwandter der Zahnarztfamilie. Eigentlich wollten sie nur kurz am Nachmittag vorbeischauen und abends wieder nach Berlin zurückfahren. Die Cousine von Karin bat sie jedoch: „Bleibt doch über Nacht hier. Ich würde euch gern morgen einige Sehenswürdigkeiten im Allgäu zeigen."
Ingrid sagte sofort: „Ja, das machen wir." Walter wollte nicht so recht, aber gegen zwei Frauen: keine Chance!

Aus dem einen Tag wurden sieben Tage mit Abstechern in Garmisch-Patenkirchen, Kloster Andechs, Oberammergau, Kloster Ettal und Schloss Neuschwanstein.

So waren sie erst nach fünfzehn Tagen von dem „kleinen" Besuch wieder zurück in Berlin, aber das war für Ingrid genau richtig, hatte sie doch immer Angst, dass sie etwas verpassen könnte.

Im Herbst fuhr Ingrid mit ihrer Cousine Marianne nach Cornwall. Walter machte indessen das Grundstück winterfest. Er lagerte vier Tonnen Kohlen und einige Stücke Holz in zwei Schuppen ein und reinigte den großen Kachelofen, der dann wieder eine behagliche Wärme im ganzen Haus verbreiten konnte. Er räumte die Garage auf und brachte das Auto zur Durchsicht. Es gab reichlich zu tun.

Als Ingrid von ihrer Reise zurück war, gingen langsam die Vorbereitungen für das Weihnachtsfest und den Jahreswechsel los. Trotzdem war auch Zeit für Theater- und Konzertbesuche. In diesem Jahr wollte Ingrid über die Feiertage nicht zu Hause bleiben. Sie suchte ein Reisebüro auf und kam fröhlich zurück. „Ich habe eine schöne Reise gebucht. Wir sind Weihnachten und Silvester in Marienbad.", sagte sie freudestrahlend. „So lange?", fragte Walter skeptisch.

„Ja", antwortete sie, „so brauchen wir keine Weihnachtsvorbereitungen und können uns richtig bedienen lassen." Gesagt, getan. Die Reise gefiel dann auch Walter sehr gut und sie nahmen sich vor, das öfter so zu machen.

Im Februar brachte ihnen Cousin Siegfried Formulare für eine vierwöchige Reise nach Namibia und Südafrika. Am 15. März starteten sie in Berlin Tegel. Es sollte über London und Windhoek nach Kapstadt gehen, von dort nach Port Elisabeth, Durban und Johannesburg und danach wieder über London zurück nach Berlin. In der Hauptstadt von Namibia sollten sie mit einem Leihwagen weiterreisen. VW-Busse waren aus, also bekamen sie zwei Toyota für die Reise durch das Land. Sie waren sieben Personen, die Zahnärzte mit dem Sohn, Karins Cousine mit der Tochter, Walter und Ingrid. Die Tochter fuhr bei Walter und Ingrid im Wagen mit.

Als erstes ging es vom Flugplatz in die Innenstadt. Hier wohnten sie in einer Lodge. Es gab dort mehrere Zimmer, einen Garten und einen Pool. Eine Mitarbeiterin des Reisebüros brachte ihnen mehrere Landkarten, einen Lageplan und Wegweiser für Namibia. Das reichte ihnen, um auf eigene Faust das Land zu bereisen. Nach einer Übernachtung in der Lodge besuchten sie einige Denkmäler und Bauten der deutschen Besetzer aus den Jahren 1890 bis 1912. Das Kaiserreich hatte in diesem Land gewütet und gemordet. Man war auf die Schätze in diesem Land aus, die Diamanten in Lüderitz. Dafür hatte man extra einen Schienenstrang für eine Eisenbahn verlegt. Jetzt stand dort eine Lok im Sand mit der Aufschrift: „Ich kann nicht weiter" Deshalb wurde die Bahn „Martin-Luther-Bahn" genannt.

Am nächsten Tag begannen sie eine längere Tour, sie fuhren zum Wildreservat Etosha-Pfanne. Langsam gewöhnten sie sich an den Linksverkehr. Auf der Fahrt hielten sie Ausschau nach Tieren und hatten Glück, reichlich Tiere aller Art zu sehen. Die Lodge vor der Etosha-Pfanne machte auf sie einen guten Eindruck. In dem großen Park standen robuste Blockhütten. Das Innere der Hütten stand einem Hotelzimmer in nichts nach. Es gab einen großen Raum zum Schlafen, die Betten waren mit Moskito-Netzen geschützt. Im anderen Raum standen ein Kleiderschrank, ein Tisch und zwei Stühle. Außerdem gab es in jeder Hütte eine Dusche.

In der Mitte des Platzes waren größere Hütten aufgestellt. Sie beinhalteten ein Lokal, eine Küche, den Empfang und eine Bar. Draußen spielten Erdmännchen. Am Abend saßen Walter und die Mitreisenden an der Bar. Die Frauen hatten ihre Taschen auf die Stühle an den Tischen gelegt.

Plötzlich machten sich drei Erdmännchen an den Taschen zu schaffen, die waren ja neugierig. Die Chefin kam und sagte dem Barkeeper auf Englisch, dass er auf die Erdmännchen aufpassen soll. Aber der Zahnarzt in ihrer Runde hatte diese Aufforderung trotzdem verstanden und sagte zur Chefin: „Wir stehlen doch keine Erdmännchen."

„Entschuldigen Sie", sagte die Chefin, „aber wir müssen aufpassen. Neulich sind zwei Erdmännchen tatsächlich von hier verschwunden."

„Na gut!", erwiderte der Zahnarzt, „dann passen wir mit auf." Lachen auf beiden Seiten!

Am anderen Tag starteten sie gleich nach dem Frühstück und fuhren in den Nationalpark. Sie durften das Auto während der Durchfahrt nicht verlassen, da sie Herden von Antilopen, Zebras, Büffeln, Elefanten, einige Löwen und Giraffen aus nächster Nähe zu sehen bekamen. An den Tränken entdeckten sie sogar Hyänen und Wurzelschweine. In der Mitte der Seen tummelten sich viele Vögel.

Gegen Abend kamen sie wieder in der Lodge an. Anmeldung war hier alles, zum Glück hatten sie am Morgen daran gedacht und erhielten nun ein gutes Abendbrot und gute Getränke. Die Lodge wurde von 19 Uhr bis 7 Uhr früh geschlossen. Aber auf einer Seite der Lodge war eine Tribüne errichtet. Von dort aus sah konnten sie die Tiere an der Tränke beobachten.

Die Hütten waren sehr gut eingerichtet. Die Schuhe sollte man bei Nacht verkehrt legen, damit sie am Morgen keine tierische Überraschung in den Schuhen erlebten.

Nach dem Frühstück am nächsten Morgen ging die Fahrt weiter, bis sie abends die nächste Lodge erreichten. Auf der Fahrt dorthin gab es viele Foto-Stopps. Nach drei Tagen Etosha-Pfanne führte sie die Reiseroute nach Tsumeb. Hier wohnten die Hereros. Dieses Volk hatte unter der Kaiserzeit besonders gelitten. Seit der Staat selbständig war, hatte sich trotz einer Wiedergutmachungs-Klage an die Bundesrepublik noch nichts getan.

Danach fuhren sie nach Grootfontein. Hier tankten sie die Autos auf und verbrachten einige Stunden mit den Sehenswürdigkeiten. Dann erreichten sie die nächste Lodge in Otjiwarongo. Hinter dem Haus waren Löwen untergebracht. Durch eine Wand mit Luken zum Durchschauen konnten sie bei der Fütterung der Löwenfamilien zusehen.

Die Fahrt ging weiter nach Swakopmund. Hier in einem größeren Ort, sah man die Auswirkungen der Kaiserzeit noch besser. Es gab eine große Apotheke aus dem Jahre 1900 in Deutsch und eine

Kaiser-Wilhelm-Straße. Sie fanden eine Bäckerei mit Schwarzwälder-Kirsch-Torte im Angebot. Der Bäckermeister stammte aus Baden-Württemberg.

Von einem kleinen Flugplatz aus flogen die Männer in einer kleinen Maschine für vier Personen über die Dünen und die Walfischbucht. Das war aufregend.

Das Wasser des Atlantiks war erstaunlich kalt. Trotz einer Lufttemperatur von 30 Grad Celsius erreichte das Wasser nur eine Temperatur von 15 Grad. Man erklärte ihnen, dass das am Benguela Strom lag, der aus dem Südpol in den Atlantik floss.

Die letzte Nacht ihrer abenteuerlichen Autoreise verbrachten sie wieder in Windhoek. Abends aßen sie Schaschlik aus Antilopen-, Warzenschwein- und Krokodilfleisch.

Am Morgen fuhren sie zum Flugplatz, dort lieferten sie ihre Autos ab und starteten mit dem Flugzeug nach Kapstadt. Dort bekamen sie wieder zwei Toyotas ausgeliehen und fuhren damit in die Stadt. Hier war es bei weitem belebter als in den Orten, die sie zuvor besucht hatten.

Südafrika hatte 40 Millionen Einwohner, Namibia nur 3,5 Millionen, und war dreimal so groß wie Deutschland.

Jetzt hatten sie sich schon richtig an den Linksverkehr gewöhnt. Hier sah die Lodge schon von außen mehr wie ein Hotel aus. Zwei Frauen hatten in der Lodge das Sagen. Vom Bett aus konnten sie den berühmten Tafelberg sehen. Im Nebel hieß es, die Tafel habe die Decke aufgelegt. Gegessen wurde im Garten, in dem es auch einen Pool gab.

Nach dem Essen erkundeten sie die Umgebung der Lodge. Sie entdeckten die Water-Front, eine Ladenstraße mit vielen Gaststätten und einem hervorragenden Essenangebot. Abends fuhren sie mit dem Taxi in eine Gaststätte und derselbe Fahrer holte sie nach dem Essen wieder ab. Der Taxifahrer war ein lustiger Mann. Als er hörte, dass Ärzte an Bord waren, wurde er richtig lustig, Dottore hier und Dottore da.

Am dritten Tag in Kapstadt ging die Autoreise richtig los mit dem Ziel Port Elisabeth. Unterwegs besuchten sie das Kap zwischen dem Atlantischen Ozean und dem Indischen Ozean. Dieses Kap war in der früheren Seefahrtgeschichte sehr gefährlich gewesen. Im Meer sah man heute noch Schiffswracks. Aber heute gab es immer wieder etwas zu lachen. Sehr viele Paviane ließen sich von den Touristen füttern oder sie nahmen unachtsamen Touristen das Essen weg. Einer Touristin, die sich gerade ein Eis gekauft hatte, nahm ein Pavian einfach des Eis aus der Hand.

Die erste Nacht verbrachten sie in Swellendam. Hier führte eine Holländerin das Geschäft. Sie besaß ein paar Weinberge und etwas Landwirtschaft. Zum Frühstück gab es Rührei vom Strauß. Ein Ei reichte für das Rührei für alle Gäste.

Um zehn Uhr begann der Hausmeister mit seiner Arbeit. Die Chefin erklärte uns: „Er muss acht Stunden arbeiten. Wenn er Geld hat, kommt er immer später. Sonst beginnt er um sieben Uhr mit der Arbeit."

Dann führte sie die Reise nach Oudtshoorn. Hier besuchten sie eine große Straußenfarm. „Die Strauße sind doof", wurde ihnen gesagt, „sie legen immer zwölf Eier. Wenn wir ihnen drei bis vier Eier wegnehmen, werden die wieder nachgelegt." Da Straußenfedern kein Geld mehr einbrachten, wurden immer mehr Weibchen gezüchtet. Die Temperatur war verantwortlich dafür, ob Männchen oder Weibchen aus dem Ei schlüpften. Daher stellte man in der Brutstation die Temperatur für Männchen oder Weibchen ein. Strauße sind sehr schnelle Läufer, einer lief eine ganze Weile neben ihren Autos mit und erreichte 60 km/h.

Die Fahrt ging nach Knysna. Hier gab es eine Dampflokstrecke nach George. In George im Eisenbahnmuseum konnten sie sehen, dass sich die Eisenbahn nicht mehr für Südafrika lohnte. Die Fahrt am Indischen Ozean entlang war aber trotzdem sehr aufregend. Reiseziel war jetzt die Tsitsikamma Lodge, welche sich in einem Nationalpark befindet. Von hier aus besuchten sie den Addo-Park. Dort konnten sie Elefanten aus nächster Nähe beobachten und bekamen ein lustiges Schauspiel geboten. Ein kleiner Elefant rannte immer wieder ins Wasser und blieb dann im Morast stecken. Mutter und Tante holten ihn mit dem Rüssel heraus und kaum war er draußen, rannte er gleich wieder in den Morast. Schließlich holten ihn Mutter und Tante ein letztes Mal heraus und nahmen ihn zwischen ihre Beine. Damit konnte er nicht mehr zurückrennen.

Dann sahen sie eine sehr hohe Brücke, von der sich Bungeespringer herunterstürzten. Das wollten sie sich näher ansehen, also fuhren sie zur Absprungstelle. Zwei Schwarze kamen gleich auf sie zu und wollten ihnen die Leinen umlegen. Sie protestierten lautstark und die Männer ließen sie lachend in Ruhe. Sie sahen dann zwei Springern zu und waren wirklich beeindruckt. Es ging hier neunzig Meter in die Tiefe, da der Fluss kein Wasser hatte. Um da runter zu springen, musste man sehr viel Mut haben.

Nach einer Nacht in der Lodge fuhren sie nach Port Elisabeth. Das war ein großer Hafen mit einem Flugplatz. Nach einer Stadtbesichtigung flogen sie von dort nach Durban. Diese Stadt gefiel ihnen sehr. Es gab dort viele Golfplätze, eine Straßenbahn, viele Geschäfte und Restaurants. Bei den Händlern hielten sie sich etwas länger auf. Einer bot Currypulver an. Walter fragte den Händler: „Ist das auch scharf?" Darauf antwortete dieser: „Dieses Pulver brennt zweimal, einmal oben und das zweite Mal unten."

Ein anderer Händler wollte ihnen ein Schachspiel mit Figuren aus Elfenbein verkaufen. „Das ist doch verboten", sagte Walter.
„Nein, bei uns nicht, das können sie kaufen", antwortete der Händler.
Walter war noch nicht überzeugt und erwiderte: „Aber dann nimmt uns das der Zoll weg und wir müssen Strafe zahlen."
„Nein, nein", meinte der Händler, „ich habe schon mehrere verkauft."
Walter war das trotzdem zu heikel und er sagte: „Aber nicht an mich."

Sie fuhren weiter und kamen in die Drakensberge. Hier befand sich eine Siedlung der Zulus. Für einen kleinen Eintritt durften sie das Dorf besichtigen. Das Dorf bestand aus runden Strohhütten, die einen sehr sauberen Eindruck machten. In der Mitte des Dorfes gab es eine kleine Tribüne. Inzwischen waren noch mehr Touristen angekommen und sie sollten Platz nehmen, da die Zulus ihnen etwas vorspielen wollten. Jetzt wurde auf der Tribüne getanzt und gesungen. Einige Frauen der Zulus tanzten mit nackten Brüsten, andere hatten Tücher vor der Brust. Später erfuhren die Touristen, dass die Frauen, die bereits verheiratet waren, ihre Brüste mit Tüchern verdeckten. Eine Tänzerin schlug einem Tänzer mit dem Besen auf den Rücken. Der Dolmetscher erklärte den Touristen, dass das eine Hausfrau darstellen sollte, die ihren Mann verhaute, weil er betrunken nach Hause gekommen war. Abends im Hotel bekamen sie noch mehr Folklore geboten.

Für den nächsten Tag war etwas Großes geplant. In den Drakensbergen gab es einen Pass, den Sani Pass nach Lesotho. Der Pass war gefährlich und nicht für Privatfahrzeuge zugelassen. Sie mieteten sich ein Auto, welches auch Ranger für ihre Touren nutzten, inclusive Fahrer. Ein großer Kerl am Lenkrad legte mit ihnen ab in einem Fahrzeug für acht Personen, aber ohne Fenster. Es wurde eine aufregende Fahrt. Der Weg war mal schmal, mal etwas breiter und bewegte sich in Serpentinen immer höher hinauf. An manchen Kurven ging es nur mit anhalten, rückwärtsfahren, wieder vorwärtsfahren – nach zwei Stunden kamen sie an der Grenze zu Lesotho an und holten sich den Stempel für den Pass. Die Zollstation war nur eine Holzhütte, aber der Zollbeamte trug eine große Mütze.

Etwas weiter gab es eine große Gaststätte. Von dort führte der Weg ins nächste Dorf. Es bestand wieder aus runden Hütten, diese waren aber von außen verputzt. Hier waren die Winter kalt und sehr windig, die höchsten Berge lagen zwischen 3000 und 4000 Metern Höhe. Eine Frau winkte die Touristen in ihre Hütte hinein und sie waren erstaunt, wie behaglich warm es in dieser Hütte war. Die Frau sammelte Telefonbücher, diese hatten das richtige Papier zum Zigarettendrehen. Die Zigaretten verkaufte sie dann. Sie braute auch Bier. Das Bier sah weiß aus. Sie füllte es in einen Krug und nun sollte der Krug zu jedem gereicht werden. Gesagt, getan. Jeder setzte den Krug an, aber viel war beim Letzten noch nicht getrunken. Auf der Rückfahrt tranken sie in der Gaststätte an der Grenze ein richtiges Bier. Und nun bekamen sie den Sani-Pass richtig zu spüren. Es war eine atemberaubende Abfahrt.

Die letzte Nacht in Afrika war gekommen. Am Vormittag fuhren sie zum Flugplatz und erreichten den Mittagsflug nach Johannesburg. Hier hatten sie noch etwas Zeit, da der Flug nach London erst am Abend startete. Auf dem Flug nach Europa war Walter nicht auf dem Posten. Er wusste nicht, was es war, er konnte einfach nicht schlafen. Er schaltete den Sitzfernseher immer wieder aus, kam aber nicht zum Schlafen. Der Flug dauerte elf Stunden. Die Zeit wollte und wollte nicht vergehen.

Morgens in London war Walter froh, an die Luft zu kommen. Auf dem Flug nach Berlin kam dann endlich der ersehnte Schlaf, aber nur für eine Stunde. Von Tegel wurden sie von ihren Nachbarn abgeholt und nun konnte Walter endlich auf der Couch schlafen.

Inzwischen war Frühling und im Garten viel gewachsen. Der Garten wurde auf Vordermann gebracht.

Zum Sohn seiner Nachbarin, Lars, hatte Walter ein gutes Verhältnis. Er kam des Öfteren zu ihm und sie vertrieben sich die Zeit mit Fußball spielen und Fahrrad fahren. Einmal veranstalteten sie beide ein Indianerfest mit einem Kaninchen als Katze zum Grillen und bunter Kleidung.

Am 2.6.2002 spielten sie wieder Fußball. Anschließend ging Lars zum Mittagessen nach Hause und Walter legte sich nach dem Mittagessen auf die Couch. Als er um fünfzehn Uhr wach wurde, war scheinbar sein linker Arm eingeschlafen. Und auch der linke Fuß fühlte sich ganz taub an, die Zehen ließen sich kaum bewegen. Nach einer Stunde wurde es nicht besser und Walter und Ingrid kam der Gedanke: „Das wird doch wohl kein Schlaganfall sein?".

Nach dem Duschen fuhr ihn Astrid, seine Nachbarin, ins DRK Krankenhaus nach Köpenick. Hier war die Notaufnahme sehr voll. Als Walter zur Untersuchung in die Röhre geschoben wurde, war es mittlerweile zwanzig Uhr. Er kam sofort auf die Intensivstation. Nach drei Tagen, dann wieder auf der Normalstation, kamen ein Professor und eine Ärztin an Walters Bett. Sie erklärten ihm, dass er einen Schlaganfall erlitten hatte. Die Ursache würde noch untersucht werden, ein Grund könnte aber das Rauchen sein, meinte die Ärztin. Drei Wochen lag Walter auf dieser Station und wurde von einer Physiotherapeutin betreut.

Danach lag er drei Wochen auf einer Reha-Station und dann zu Hause. Hier übte er im Garten zu gehen und den linken Arm zu bewegen. Das gestaltete sich sehr schwierig. Nach zwei Jahren genehmigte die Krankenkasse für drei Monate einen Reha-Aufenthalt in der Nähe von Angermünde. Dann humpelte er durch den Garten und fühlte sich mit der Zeit ganz gut. Er konnte nun wieder Rasen mähen und durch Umbau der Heckenschere in eine Einhandschere auch die Hecken schneiden.

Was machte seine Ingrid? Gemeinsam mit ihrem Cousin wurde eine Reise in die USA gebucht und Walter musste mit. Im Mai 2003 flogen sie nach Miami. Von dort aus ging es mit einem kleinen Flieger nach Nassau auf den Bahamas. Das Hotel war gut ausgestattet und hatte eine große Spielhalle. Walter spielte zwar nie, aber die Spieler an den Automaten zu beobachten bereitete ihm einen Heidenspaß und war ein spannender Zeitvertreib.

Ein Bus fuhr sie zum Strohmarkt und auch die Stadt wurde mit dem Bus erkundet.

Am Hafen lag bereits das Schiff, die MS Astor, mit dem sie dann die Fahrt entlang der Ostseite der USA fortsetzten. Erster Halt war in Charleston mit einer Besichtigung der Stadt und dann ging es weiter nach Washington. Hier verbrachten sie zwei Tage mit großen Rundfahrten. Sie sahen das Weiße Haus, das Capitol und den Friedhof, auf dem sich das Grab von Kennedy befand. Sie besuchten zwei Museen und etliche Gasthäuser.

Weiter ging die Schiffsfahrt nach New York, vorbei an der Freiheitsstatue. Sie besuchten den Platz, auf dem 2001 der Terroranschlag auf die zwei Türme des World Trade Centers verübt worden war. Die Trümmer waren schon komplett weggeräumt.

Bei einer großen Stadtrundfahrt sahen sie alle Sehenswürdigkeiten der Stadt New York. Den Central Park erkundeten sie zu Fuß, sie überquerten den Time Square und standen vor dem Rockefeller Center. Sie fuhren durch Harlem und China Town. Zur Krönung des Tages genossen sie die Aussicht über New York vom Empire State Building.

Nächste Station war Boston mit großer Stadtrundfahrt. Dann fuhren sie nach Halifax und besuchten ein großes Museum mit Einzelteilen der Titanic. Anschließend ging es nach St. John´s. Hier sahen sie die ersten Eisberge.

Die Atlantiküberfahrt nach Irland verlief ohne weitere Höhepunkte, außer dem Auftritt einer Sängerin, die den Titanic-Song darbot. Die meisten lachten, an den Eisbergen waren sie ja bereits vorbei.

Die Stadt Cork durften sie allein erkunden. Abends fand auf dem Schiff das Kapitäns-Dinner statt mit dem berühmten Eis-Feuerwerk. Das war ein tolles Gefühl, dabei sein zu dürfen. Am nächsten Morgen lief das Schiff in Bremerhaven ein. Von dort fuhren sie mit dem Bus nach Berlin und wurden mit dem Auto nach Altglienicke abgeholt.

Wieder erforderten der Garten und das Grundstück viel Arbeit.

Zu Weihnachten buchten sie eine zweiwöchige Reise nach Kolberg, vom 23.12.03 bis zum 2.1.04, also keine Arbeit mit Weihnachten und Sylvester.

Sie verbrachten den Frühling und den Sommer in Altglienicke. Dann hielt es Ingrid nicht mehr zu Hause. Sie verreiste die übliche Woche mit ihrer Cousine Marianne. Sie fuhren nach Karlsbad. Dort lernte Ingrid eine Frau kennen, die sie überredete, Weihnachten und Silvester in Lugano zu verbringen. Also wurde diese Reise gebucht. Es war tatsächlich wunderbar, sie bewohnten ein Zimmer in einem tollen Hotel mit sehr gutem Service-Personal. Walter bekam sein Essen immer zurecht gemacht und konnte so mit seiner gesunden Hand prima essen. Sie waren am Gardasee, am Lago Maggiore, in Mailand, auf der Rütli Wiese, in Luzern und in Lugano spazieren, obwohl Walter nur humpeln konnte. Am 5. Januar des neuen Jahres waren sie wieder in Berlin.

Für den Frühling buchte der Zahnarzt-Cousin eine Ostseereise per Schiff. Sie fuhren mit dem Schiff nach Rostock, von dort mit der Fähre nach Kopenhagen. In Kopenhagen besichtigten sie bei einer Stadtrundfahrt die „Meerjungfrau" und den Tivoli. Am zweiten Tag schifften sie in die MS Italia-Prima ein, nun reisten sie zum dritten Mal mit diesem Schiff. Erster Halt war die schwedische Stadt Visby auf Gotland. Hier besuchten sie ein Kloster und danach, welch ein Kontrast, das Gefängnis und den Platz der Hinrichtungen. Die nächste Station hieß Stockholm. Sie besichtigten das Schloss von Königin Silvia. Den Saal, in dem die Staatsdiener zum Dinner geladen wurden, fand Walter etwas schmal, also eng.

Im Hafen wurde ihnen ein Segelschiff aus dem Mittelalter gezeigt. Danach bummelten sie durch die Innenstadt. Als die Straße etwas steil nach oben ging, meinte die Dolmetscherin zu Walter: „Setzen sie sich hier auf die Bank, wir sind in einer halben Stunde zurück." Da die Bank noch nass vom Regen war, nahm sie ein Taschentuch aus ihrer Jacke, rieb die Bank trocken und sagte: „So, nun können sie ohne nasse Hose sitzen." Walter konnte nur: „Vielen Dank" sagen, dann war sie auch schon weg.

Am anderen Tag nahmen sie Kurs auf Helsinki. Bei der Stadtrundfahrt besuchten sie den großen Platz vor dem Regierungsviertel. Dann fuhren sie zum Olympiastadion von 1952. Sie besichtigten das Grab des größten finnländischen Musikers Sibelius. Im Geschäftsviertel fuhr eine Straßenbahn. Walter wollte eigentlich Rentierfleisch kaufen, aber als er den Preis hörte, blieb er lieber bei Rindfleisch. In Finnland gab es die größte Destillerie für Wodka. Aber bei deren Preisen dürfte es eigentlich nur Antialkoholiker geben.

Nun ging die Schiffsreise weiter nach Tallin, der Hauptstadt von Estland. Im Hafen befand sich ein riesiges Lagergebäude. Die Dolmetscherin erklärte ihnen, warum das Lager so groß war. Von Finnland wurde täglich Wodka mit der Fähre geliefert. Die Finnen kauften den Wodka dort kofferweise. Also wurde der Wodka mit der Fähre geliefert und im Koffer wieder zurückgeholt.

Tallins Altstadt gefiel Walter sehr. Hier gab es einen großen Platz an der Ostsee. Die Dolmetscherin erzählte ihnen: „Das ist der Platz, auf dem wir mit Gesang die Revolution gegen Russland gewonnen haben. Hier haben jeden Tag tausende Esten gesungen." Die finnische und die estnische Sprache hatte Ähnlichkeit mit der ungarischen.

Die letzte Station der Schiffsreise hieß St. Petersburg. Das Schiff fuhr sehr weit in die Stadt hinein. Die Stadtrundfahrt war diesmal besonders ausgiebig. Es gab viele Haltestellen und viele Gespräche. Von der Eremitage, dem Prunkgebäude der Stadt, waren sie beeindruckt. Auf dem Wasser lag die Aurora mit Besatzung. Ein Mann kam ihnen von der Aurora entgegen und ein Reisender rief: „Da ist ja Lenin." Der Mann hielt an, streckte seine Hand aus und sagte: „Für Fotografieren einen Dollar bitte!" Er ähnelte dem echten Lenin wirklich sehr. Der Zahnarzt brachte dann mit seiner Bemerkung alle zum Lachen, als er sagte: „Den habe ich zu Hause, kein Dollar." Also ging das Lenin-Double leer aus.

Jetzt begann die Heimreise. Sie übernachteten noch einmal in Kopenhagen und fuhren dann mit der Fähre nach Rostock. Dort erwartete sie bereits der Reisebus nach Berlin.

Walter war froh, wieder zu Hause zu sein. Das viele Humpeln hatte ihn doch sehr mitgenommen.

Zwei Wochen später erklärten ihm die beiden Cousinen, Ingrid und Marianne, dass sie in der nächsten Woche mit dem Bus zum Nordkap fahren wollten. Walter müsse ja nicht mit, und so gab er ihnen seinen Segen. Diese Woche würde ja sehr schnell vorbei sein und bis dahin hätte Walter das Grundstück wieder in Ordnung.

Als Ingrid nach Hause kam, war sie auch sehr geschafft. „Wie kann man auch diese lange Reise mit dem Bus machen?", dachte Walter. Aber sie erholte sich schnell wieder und sagte: „Ich muss unbedingt zu Anke fahren." Ihre Tochter Anke wohnte inzwischen mit ihrem Mann in Bad Homburg und Ingrid wollte sehen, wie sie nun wohnte. Also fuhr sie zuerst mit dem Zug nach Frankfurt und dann weiter nach Bad Homburg. Am anderen Tag rief Anke ganz aufgeregt bei Walter an: „Mutti liegt in Frankfurt in der Uni-Klinik, sie haben sie mit dem Hubschrauber von Bad Homburg in die UNI-Klinik geflogen." Was nun?

Walters Physiotherapeutin Bärbel betreute ihn nun schon seit 2003 zweimal in der Woche. Ihr Mann Heiko kam inzwischen des Öfteren zu Walter zu Besuch. Sie hatten sich angefreundet. Heiko fuhr Walter nach Bad Homburg. Dort holten sie Anke ab und fuhren gemeinsam zur Klinik. Da lag Walters Ingrid im Koma. Der Arzt erklärte ihnen: „Die Baucharterie muss erneuert werden. Das ist eine heikle Operation."

Heiko fuhr Walter am nächsten Tag erstmal zurück nach Berlin. Dort packte Walter einen Koffer mit den wichtigsten Sachen und machte sich am darauffolgenden Tag auf den Weg nach Bad Homburg. Er fuhr mit dem ICE nach Frankfurt und von dort weiter nach Bad Homburg. Er wohnte bei seiner Stieftochter und deren Mann. Die Kinder gingen ihrer Arbeit nach und Walter fuhr jeden Tag gegen Mittag nach Frankfurt. Um dreizehn Uhr aß er in der Uni-Klinik zu Mittag und um vierzehn Uhr durfte er auf die Intensivstation. Seine Ingrid lag immer noch im Koma. Er sollte trotzdem mit ihr reden, das sollte wohl für Komapatienten gut sein.

Um siebzehn Uhr kam Anke von der Arbeit, besuchte ebenfalls ihre Mutter, und gegen achtzehn Uhr nahm sie Walter in ihrem Auto mit nach Bad Homburg. Ingrid war inzwischen operiert worden und die Operation war angeblich gut verlaufen. Trotzdem gab es keine Besserung. Nach drei Wochen fuhr Walter nach Hause, kehrte von dort aber drei Tage später wieder zurück. Fünf Wochen nach der Operation kam die Schwester in der Klinik strahlend auf Walter zu: „Heute können sie mit ihr reden", sagte sie.
Walter ging schnell zu seiner Ingrid und sie sah ihn bereits kommen. Sie sah ihn an und sagte: „Du kannst doch nicht täglich zu mir kommen."
„Du hast mich nach meinem Schlaganfall doch auch jeden Tag besucht", erwiderte Walter.

Der Arzt kam ins Zimmer und brachte Walter eine Schüssel mit Pudding. „Das geben sie jetzt ihrer Frau", ordnete er an. Das tat Walter nur zu gern.

„Das muss ich alles essen?", fragte Ingrid.

„Nein, nein", beruhigte Walter sie, „nur so viel du willst". Ein bisschen aß sie, dann war sie satt. Sie war sehr optimistisch und verkündete Walter: „Ich werde noch einmal operiert und dann fahren wir nach Hause. Aber jetzt bin ich müde."

„Na dann schlaf schön", sagte Walter. Seine Stieftochter holte ihn ab und sie ließen sie schlafen.

Am nächsten Tag fuhr Walter für zwei Tage nach Hause. Nachts um drei Uhr klingelte sein Telefon.

Anke rief an und weinte bitterlich. „Mutti ist heute Nacht gestorben", sagte sie.

„Nein, nein", rief Walter verzweifelt und der Hörer flog aufs Telefon. Er konnte nicht mehr schlafen und weiß bis heute nicht, was er nach dem Telefonanruf gemacht hat.

In dieser schweren Zeit stand ihm einer sehr zur Seite. Sein Sohn Jörg kam sofort zu ihm nach Altglienicke und blieb einige Wochen bei seinem Vater. Es war jetzt sehr viel zu tun und zu regeln. Das hätte Walter unmöglich allein geschafft. Ingrid wurde in Berlin beigesetzt. Sehr viele Menschen. Verwandte, Nachbarn und Arbeitskollegen, gaben Ingrid das letzte Geleit.

Das Haus, in dem Walter mit Ingrid gelebt hatte, gehörte nun ihrer Tochter Anke. Sie wollte nicht nach Berlin ziehen. Sie bot Walter an, in dem Haus wohnen zu bleiben mit allen Rechten und Pflichten eines Besitzers. So sollte er keine Miete zahlen, aber alle Kosten für das Haus selbst tragen. Wenn er nicht mehr könnte, würde sie das Haus verkaufen. Walter hatte immer noch mit den Folgen seines Schlaganfalls zu kämpfen und es war ja abzusehen, wann er dazu nicht mehr in der Lage sein würde. Walter nahm an und fühlte sich in dem Haus sehr wohl.

2006 wurde Walter vom Krankentransport zu einer Reha nach Belzig abgeholt. Diese Reha brachte nicht den Erfolg, den er sich erhofft hatte. Als sein Sohn ihn in der Reha besuchte, kam eine hübsche junge Frau mit. Walter rief laut aus: „Endlich! Eine Schwiegertochter". Zum Glück ist sie später wirklich seine Schwiegertochter geworden.

Nach der Reha bekam Walter Besuch von seiner Ehemaligen Christa. Es tat ihr leid, dass er jetzt allein war und sie wollte ihm behilflich sein. Walter war etwas überrascht und konnte nicht Nein sagen. Er hatte mit dem Grundstück viel zu tun und konnte Hilfe gebrauchen. Alles passte richtig gut.

Über Weihnachten und Silvester flogen Walter und Christa nach Antalya und verbrachten dort die Feiertage.

Der Frühling brachte viel Arbeit. Der Garten musste auf Vordermann gebracht werden. Mit Christa gab es die ersten Reibereien, die Zusammenarbeit war im Sommer dann beendet.

Im Internet suchte Walter die Bekanntschaft einer neuen Partnerin. Die ersten drei Anwärterinnen kamen beim ersten Treffen schon nicht in Frage. Dann meldete sich 2008 eine Cornelia Bauer und per Telefon machte sie einen guten Eindruck. Sie verabredeten sich am U-Bahnhof Rudow und Walter holte sie mit dem Auto ab. Sie gingen beim Chinesen essen und dann zu ihm nach Hause. Von da an besuchte sie ihn jedes Wochenende. Sie kamen sehr gut miteinander aus. Walter konnte ja noch Auto fahren und so fuhren sie zu Cornelias Wohnung in Berlin oder besuchten Walters Sohn in Falkensee. So vergingen die Jahre, bis Walter 2015 nicht mal mehr Humpeln konnte. Ende 2015 verkaufte er sein Auto. Er bekam von der Krankenkasse einen E-Rollstuhl. Damit konnte er nun den Garten nicht mehr bearbeiten und sie gingen auf die Suche nach einer behindertengerechten Wohnung.

Im Sommer 2016 hatte Cornelia eine Wohnung für Walter gefunden. Im Seniorenwohnheim der Caritas in Charlottenburg wurde im Herbst eine Wohnung frei. Zum 1.10.2016 konnte er dort einziehen. Zum Abschluss seiner Selbständigkeit buchten sein Sohn und seine Schwiegertochter eine Rheinkreuzfahrt „Rhein in Flammen" von Frankfurt über Straßburg, Köln, Koblenz und zurück nach Frankfurt.

Cornelia bezog zwei Jahre später ebenfalls eine Wohnung in dem Seniorenheim in Charlottenburg.

Jetzt ist leider keine Reiserei mehr gebucht.

Renate Meißner

Gedachtes

Gesagtes

Erkanntes

Gelebtes

Die Veränderung

Jetzt, da ich nicht mehr so viel Arbeit habe,
habe ich viel Zeit zum Denken.
Habe ich viel Zeit zum Denken, fällt mir Vieles ein.
Wohin damit? – Ich schreib' es auf.

Seit 1936 lebe ich.
Und warum schreibe ich es auf?

Es ist der Lauf der Dinge, dass der Mensch im Alter
auf sein Leben zurückschaut - und ich beschloss,
das aufzuschreiben, was sich sehen lässt.
Dann entlass' ich meine Worte,
und sie gehen ihren Weg.
Haben Sie Lust, sie ein Stück weit zu begleiten?

Achteinhalb Jahrzehnte sind vergangen, ich
erlebte sie in ein und derselben Wohnung.
Die Vergangenheit steckt in allen Wänden, - ich
will hier raus -.

Es war eine Herausforderung; drei Zimmer, einen
Keller und einen Schrebergarten mit Gartenhaus
und einer 15m hohen Tanne zu verlassen.
Alles brauchte einen neuen Ort an dem es sein
konnte.
Ich auch.

Auch für die riesige Tanne gab es etwa Neues - sie wurde kleingeschnitten.

Ich hatte mir aus der alten Wohnung die Dinge ausgesucht, die mit mir gehen sollten.
Der UMZUG KONNTE STATTFINDEN!

Er fand statt!
Ich bin in meinem neuen Zuhause angekommen!
42 qm Wohnfläche und ein Balkon.
Jetzt brauchen alle Dinge einen Platz, kleine und große und ganz kleine, und ich will sie später alle wiederfinden.

Einräumen macht Spaß. Ich sitze, etwas entfernt, und betrachte mein Werk, schön, hab' ich gut gemacht.
Ich denke an gestern, ich hatte Kartoffelsalat und kleine Schnitzelchen gemacht, es waren welche übrig. Eingewickelt hatte ich sie auf den Balkon gelegt, der Kühlschrank war noch nicht angeschlossen.
Und was war heute Morgen? Der Balkon voller Papierschnipsel, meine Schnitzelchen – weg. Das war eine Krähe, Ich nannte sie Jakob.
Den zweiten Morgen in meiner neuen Wohnung werde ich, um 5 Uhr, in Worten, FÜNF!, von einem ohrenbetäubenden KRAA KRAA geweckt!
Es war Jakob, er saß auf dem Balkongitter, er verlangte wohl nach seinem Frühstück, ich nahm

an, er vermisste die Schnitzel. Ich ging bis an die Balkontür, er blieb sitzen und hörte sich meine Vorwürfe an. Er trat von einem Fuß auf den anderen, man konnte sich einbilden, die ganze Sache sei ihm peinlich.

Nun ist alles eingeräumt, jedes Ding hat seinen Platz.

Ich laufe in meiner neuen Wohnung herum. Es gefällt mir, wie ich alles eingerichtet habe, das ist jetzt mein Zuhause. Ein paar Schritte und ich bin auf dem Balkon, viele Blumen und eine Liege – ich bin glücklich!

Vor der Haustür fließt die Spree gemächlich vor sich hin. Ausflugsdampfer fahren vorbei, kleine, schnelle Flitzer, Ruder- oder Paddelboote und manchmal große, schwere Schleppkähne.

Die Haltestelle für die Ausflugsdampfer ist nicht weit, sie fahren mehrmals am Tag. Ich werde demnächst auch so eine kleine Reise auf der Spree machen.---
Und was habe ich da gehört und gesehen?
Oh je, ich habe in den blauen Himmel gesehen, auf die vielen Häuser die an mir vorbeiglitten, den Dom, die Regierungsgebäude, ein Stück der Mauer, eine Schleuse, und und und, kann mich nicht recht erinnern, hab nicht richtig hingehört,

hab' die Wolken betrachtet und den Sommer wahrgenommen, und ein Eis habe ich mir noch bestellt, ein schöner Tag.

Von der Haltestelle gehe ich auf dem kleinen Uferweg zurück, blicke noch einmal auf die Spree, die mir einen so schönen Nachmittag bereitet hat und ärgere mich sofort wieder über diese Radfahrer!

Sie fahren wie die Teufel. Gut, sie verstehen ihr Handwerk, mich hat noch nie einer angefahren, aber einen so zu erschrecken ist nicht gut, alte Damen wollen ihre Ruhe haben.

Ein-Tag-reihte-sich-an-den-anderen.

Der Termin heute, am Ku-Damm, er war bald erledigt, und nun? Ich wollte noch nicht nach Hause, ich wollte bummeln, so wie früher.

Ja -- wie früher!

Mit Stöckelschuhen und wippendem Pettycoat den Ku-Damm entlang, die Schaufensterauslagen bewundern und bei Kranzler einen Kaffee trinken.

Manchmal war auch meine Freundin Gisela dabei, wir saßen dann vor dem Kranzler und tratschten über die Leute, die vorbeikamen.

Das Kranzler gibt es nicht mehr, aber ich kann mich ja in ein anderes Kaffee setzten und an „Früher" denken.

Es ist schon seltsam, dass man so in frühere Zeiten eintauchen kann.

Nun bin ich aber wieder ganz im Hier und Jetzt, ich suche einen Platz um Mittag zu essen, ich fand was Gemütliches und war so richtig zufrieden, das Essen war gut.

Ich ging weiter, bestaunte den „Hohlen Zahn", (für Ortsfremde: So nennen die Berliner den zerbombten Turm der Gedächtniskirche), der jetzt gar nicht mehr hohl ist, weil er repariert wurde, staunte über die Hochhäuser am Bahnhof Zoo, die so hoch sind, dass ich nicht bis in die letzte Etage sehen konnte, gönnte mir am Klops ein Eis und trat die Rückfahrt an, mit dem M45, vom Busbahnhof Zoo.

Den Tag der Leichtigkeit noch einmal still in mir erlebend, verpasste ich fast das Aussteigen. Ich fand, es war ein schöner Tag, ich kam fröhlich gestimmt zu Haus an und erschrak.

Was ist das vor meiner Wohnungstür? Ein Mann in Uniform und Frau Tarwan - sie ist immer da, wenn Hilfe nötig ist. Sie rief mir zu: „Rufen Sie gleich Ihren Sohn an, er macht sich Sorgen."

Ich verstand immer weniger.

Ich rief an, er war erleichtert mich zu hören.

Jetzt wollte ich aber wissen, was hier los ist!

Der Malteser-Hilfsdienst wollte meine Leitung überprüfen. Vom Büro aus wurde ich angerufen, ich sollte den Notknopf drücken, damit sie die Leitung prüfen können.

Ich war nicht zu Hause! – Ich war bummeln!

Vom Büro wurde jetzt mein Sohn angerufen, sozusagen eine Vermisstenanzeige, ich sei schon stundenlang telefonisch nicht zu erreichen.

Mein Sohn erschrak, der Rote Knopf von den Maltesern steht für einen Notruf, wenn ich den drücke, dann weiß ich allein nicht mehr weiter, dann ist etwas passiert!

Der rote Knopf ist ausgelöst und ich bin nicht da!?

Ungewöhnliche Situation, normalerweise befindet man sich in der Wohnung und ruft nach Hilfe.

Es gibt einen Generalschlüssel, wäre ja einfach gewesen mal nachzusehen.

Jetzt rückte der Malteser wieder an und wollte in die Wohnung. Das geht nicht so einfach, allein darf niemand rein, die Feuerwehr muss dabei sein.

Ich kam fröhlich gestimmt von meinem Ausflug und erschrak: Was passiert da vor meiner Wohnungstür?

Ich erfuhr, was hier am Tage los war, große Aufregung, weil ich nicht da war.

Der Mann vom Malteser-Hilfsdienst machte mir Vorhaltungen, ich hätte mich abmelden müssen.

Ich melde mich ab, wenn ich länger als einen Tag weg bin, doch nicht, wenn zum Arzt gehe, und dann bummeln. Ich fühlte mich in meiner Freiheit eingeschränkt, kann ich nicht am hellerlichten Tage ein wenig durch die Straßen bummeln?

So ist das, der eine hat eine schöne Zeit – der andere Sorgen.

Noch bevor der Malteser ging, vereinbarten wir einen Termin, um die Notrufanlage zu prüfen!

Am nächsten Morgen kam ein Mitarbeiter der Malteser. Er kannte die Geschichte! Es tue ihm leid, was geschehen war.

Er drückte den roten Knopf, sprach mit dem Techniker, sagte alles sei in Ordnung und ging.

Ein Glück, das Leben ist nicht immer so kompliziert, die Tage verlaufen ruhiger, mir sind sie oft schon zu ruhig.

Als mein Leben noch voller Termine war, wünschte ich mir nichts mehr als freie Zeit.

Jetzt habe ich sie, und nun hätte ich gern eine Arbeit, die mir Freude macht.

Doch das geht nicht, die Krankheit ist schlimmer geworden.

Meine Lebenskraft habe ich noch, sie ruht nur etwas.

Am Monatsende bekomme ich einen Platz in einer Schmerzklinik.

Ich fühl' mich wie im Vakuum –
ich schwebe in der vielen freien Zeit, die ich jetzt habe
nie hätte ich gedacht, dass es das gibt,
was heute Überfluss – war früher Mangelware.

Die Zeit steht da und fordert mich heraus,
m a c h   w a s   d r a u s.

Ich muss mich neu erfinden,
den Tag, die Zeit und alles was ich tu,
so wie bisher geht es nicht weiter,
ich bin allein, um mich herum, da ist nur Ruh'.

Ich mache Pläne und verwerfe sie,
 so geht das nicht, das engt mich ein –
ich will in Freiheit sein.

So ist es auch nicht recht,
 ich will Gesellschaft, Freunde, feiern,
und was ist nun? Ich kann es nicht,
weil alle Knochen wehe tun.

Ich bin zurückgeworfen auf mich selbst,
ich sinke tief in mich hinein,
wie früher wird es nie mehr sein.

Nun bau' ich an dem neuen Ich,
es soll doch anders als das alte sein,
es ist so schwer was Neues zu gestalten,
immer wieder brech' ich ein.

Geduld ist es wohl, was ich hab' zu lernen,
die Ruhe und mich selbst ertragen,
das ist es, was ich üb' seit Tagen.

… Mit der Geduld bin ich noch nicht weiter, so was lernt sich nicht so schnell und überhaupt, wie macht man das?

Wie wird ein Mensch geduldig? Was hab' ich mir da vorgenommen, geht das vielleicht gar nicht?

Doch, das geht, manchmal bin ich geduldig, doch wenn was nicht klappt, wenn es hinten und vorne nicht vorangeht, da verlässt mich die Geduld, dann will ich, dass es endlich weitergeht.

Ja, ich weiß, jetzt hätte ich die Gelegenheit das mit der Geduld zu lernen, es geht jetzt nicht, ich bin zu zappelig.

Wohl noch nicht die rechte Zeit, ich werde es vertagen, auf später.

Wenn ich mich um andere Dinge kümmere, kommt es vielleicht von ganz allein, dann merke ich auf einmal, dass ich getan habe was ich schon lange wollte.

Ja, so is' gut, so mach ich es, ich geh' zur Tagesordnung über.

Schon wieder mitten drin die Tagesordnung, stimmt doch hinten und vorne nicht mehr, sie muss neu aufgestellt werden, so könnte sie aussehen:

7.30 aufstehen, Bad, Frühstück,

Haushalt, Mittagessen, Mittagsschlaf, Kaffee.

Der Nachmittag kann frei gestaltet werden!

Ist doch ganz einfach, sieht jedenfalls so aus, ist aber nicht so.

Es gibt viele Arztbesuche, passende Termine müssen gefunden werden, andere Untersuchungen schließen sich an, bis die Ergebnisse da sind – das dauert und dauert. Dafür wird viel Zeit verbraucht.
Ich möchte mich aber auch um die Dinge kümmern, die mir Freude machen.

Lässt sich alles erledigen, das weiß ich, wenn nicht die Erschöpfung wäre, die tiefe Müdigkeit, das sind die wahren Bremsklötzer, und sie lassen sich nicht in die Tagesstruktur einfügen, sie kommen einfach so, wenn sie es nötig haben.

Müdigkeit, Erschöpfung, Schmerz, sie haben Priorität, man muss ihnen Raum geben. Also werden erst ihre Bedürfnisse erfüllt. Ich fühle mich erschöpft, setze mit hin – und schlafe ein. Termin verschlafen, Arbeit nicht erledigt - tägliches Ergebnis, sehr unbefriedigend.
Wo ist jetzt mein Tagesplan?? Ich fühle mich verzweifelt, der Schlaf ist übermächtig.
Mein Körper möchte Folgendes: Aufstehen, wenn er ausgeschlafen hat, heute war es 9.30 Uhr. Hausarbeit mit Pausen, so zwischendurch mal hinsetzen, kurz einschlafen. Nach dem Mittagsschlaf gibt es noch mal am frühen Abend

ein Schlafbedürfnis. Jetzt habe ich eine schöpferische Phase bis ca. 1 Uhr nachts, kann arbeiten, schreiben, malen, ich bin also eine Nachteule.

Wie erstelle ich unter diesen Umständen einen Tagesplan?
Bis jetzt habe ich geschlafen, wenn ich müde war, gegessen, wenn der Hunger kam, und zugesehen, dass ich den Rest irgendwie erledigt kriege.

Das ist stressig und macht unzufrieden. Man passt nicht immer in die Gesellschaft.
Fakt ist, der Schlaf dominiert. Er überfällt mich. Mir fallen die Augen zu und das Handy aus der Hand. Er hat das Sagen!
Was habe ich nun geändert? Der Tagesplan ist so unstrukturiert wie zuvor, keine Geduld, keine Planung......,wie komme ich weiter?

Ich habe einen großen, urgemütlichen Sessel, er ist das „Zuhause" in meinem Zuhause. Hier sitze ich und denke, schreibe, lese, schlafe.
Hier verwerfe ich das Geschriebene, schreibe es neu, so lange, bis es dem entspricht, was ich fühle, was ich ausdrücken will, was ich mitteilen möchte.
Mir gefällt das Schreiben. Ich finde es toll, wenn die herumkreisenden Gedanken sich sammeln, klären, wieder verschwimmen und letztendlich aufgeschrieben sind.

Ein anderes Mal kommt mir ein Gedanke, pfeilschnell, schon steht es auf dem Papier. Wunderbar, wenn meine Worte über meine Hand durch den Stift auf das Papier fließen - es ist eine Befreiung.

Genauso geht es mir beim Malen. Die Farbe zerfließt auf dem Papier, vereint sich mit anderen oder geht an ihnen vorbei. Zum Schluss liegt ein Bild vor mir, auch das ist für mich Befreiung.

Ich entlasse Worte – ich entlasse Farbe.

Das Malen war bei mir schon vor dem Schreiben da - eine Urlaubslaune!

Den Jahresurlaub, und manch andere Woche des Jahres, verbrachten wir auf der Nordseeinsel Langeoog.

Dort wohnte auch ein Kunstmaler – Anselm Prester -.

Eines Abends ging ich in Anselms Malkurs – und meine weitere Feizeitbeschäftigung war damit geklärt. -- Ich male.

Aber bevor ich diesen alles verändernden Schritt tun musste, ereignete sich ein Gespräch: Vater, Mutter, Sohn.

Mutter:" Was machen wir eigentlich mit dem Kinderzimmer, wenn unser Sohn aus dem Haus ist?" Pause. Vater: „Ich habe dann endlich genug Platz, um meine Filme zu bearbeiten."

Mutter: „Nein, ich stelle vorn rechts in die Ecke eine Staffelei."
Auf meine Worte lachten meine Männer!
Ich konnte sie verstehen. Was hatte ich gesagt? Staffelei in die Ecke?
Warum?
Ich habe noch nie in meinem Leben gemalt! Ich verstand mich selbst nicht.

Es verging einige Zeit, Gespräch wurde vergessen - bis wir wieder auf die Insel fuhren. Die kleine Bimmelbahn brachte uns vom Hafen ins Dorf. Und was stand auf dem Bahnhof? Ein Schild: Malen Sie Ihr Urlaubsbild!
Mein Sohn stupste mich am Arm und zeigte auf das Schild: „Wenn du eine Staffelei in die rechte Ecke stellen willst, gehst du am besten erst mal da hin."
Was sollte ich da, ich kann doch gar nicht malen, es beunruhigte mich, und das immer mehr. Drei Wochen waren vergangen, was mach ich bloß? Ich muss da hin! Ich muss! Wenn ich nicht mein Gesicht verlieren will. Ich hätte zu meinem Sohn genauso gesprochen, wie er jetzt zu mir, wenn- dann.
Wenn ich also meiner Erziehung treu bleiben will, dann muss ich malen.
Ich fühlte mich schrecklich. Ich ging hin.
Nur gut, dass ich diesen aufregenden Schritt gegangen bin!

Malen machte mir Spaß und ich konnte leicht annehmen was Anselm lehrte.

Die Weite von Himmel, Meer und Strand beeindruckte mich und wollte aufs Papier.

Ja, ich male noch immer die Weite des Meers, am liebsten bei dunklem Wetter.

Inzwischen hat Berlin keine Mauer mehr und wir können übers Land fahren: wunderschön, diese Weite der Wiesen und Felder. Im Frühling die Rapsblüte, ich gerate jedes Jahr in den gleichen Farbrausch - gelb!

Und nicht nur die Farbe berauscht mich, wenn ich da an die wogenden Roggenfelder denke - gleich möchte ich malen.

Das Malen wischt den Staub des Alltags von der Seele!

Ich habe wohl schon alles, was es so im Umland gibt, gemalt, zu jeder Jahreszeit.

Ich hatte eine kleine Galerie in der Kunst-Remise in Spandau. Die Remise waren die Ställe der Pferde der früheren Straßenbahn in Spandau. Ja, die Straßenbahn wurde damals von Pferden gezogen! Am Anfang der Stallungen steht ein dicker, runder Turm, da trafen sich die Kutscher, jetzt die Maler.

Sieben von den „Pferdeställen" wurden von uns genutzt. Der Stall war voller Bilder und wir saßen davor. Besucher machten einen Rundgang, gesellten sich manchmal zu uns und wollten wissen, wie es uns mit unserer Kunst hier so geht. Bei Regen saßen wir im Turm, auch sehr gemütlich.

Aus dieser „Remisen-Gemeinschaft" entstand eine Gruppe, die einmal im Jahr für eine Woche nach Ahrenshoop fuhr, um gemeinsam zu malen.
Wir wanderten über die Insel, auf der Suche nach Motiven, mit dem Skizzenblock unterm Arm. Am nächsten Tag malten wir im Atelier, was wir auf dem Skizzenblock festgehalten hatten.
Eine Malwoche im Jahr war uns zu wenig. Aus dieser Gruppe von Ahrenshoop bildete sich wieder eine Gruppe in Berlin, wir treffen uns jeden Monat am letzten Sonntag, wenn vorhanden im Garten.
Jetzt gibt es inzwischen Corona, wir können nicht zusammenkommen, nun malen wir an dem „Trefftag" jeder zu Hause und am Nachmittag gibt es über Whatsapp eine Bildbesprechung. Wir sind stolz, dass wir das so lange durchgehalten haben, seit kurzem gibt es eine Unterbrechung, drei von fünf Künstlern sind krank, wir halten jetzt einen Winterschlaf, und nehmen das Malen nach dem Erwachen wieder auf.
Da wäre noch die Frage nach den vielen Bildern -

Ich habe eine kleine Wohnung in einer Senioren Einrichtung, der Flur ist lang,
es wurden Schienen angebracht und dort hängen viele meiner Bilder, eine Freundin nannte es meine Flurgalerie.

Ich sitze da und genieße den Sonnenschein, über mir kreist der gelbe ADAC-Hubschrauber. Ein Unfall, er sucht einen Landeplatz.

Meine Gedanken sind in Gang gekommen, das Geräusch des Hubschraubers wurde in meiner Erinnerung zum Brummen der Motoren der Flugzeuge, nein ich dachte nicht an die Kampfflugzeuge im Krieg, ich dachte an die „Rosinenbomber", die Tag und Nacht über Berlin dröhnten, es war auch Krieg, „kalter", die Stadt war abgeriegelt, wir wurden aus der Luft versorgt.

Ich hatte ja nicht die Sorgen der Erwachsenen, ich war noch Kind, ich bestaunte die tieffliegenden gewaltigen Flugzeuge, wir wohnten kurz vor dem Landeplatz, ich war voll von dem Gedröhn.

Die Kinder, die Verwandte in Westdeutschland hatten, sollten für die Zeit der Blockade dort hin, ich auch – meine älteste Schwester Ruth wohnte zu der Zeit in Stuttgart.

Es wurde alles erledigt, der Koffer gepackt und der Kindertransport fuhr ab.

Er fuhr nicht, er flog!

Die Rosinenbomber flogen zwischen Lübeck und Berlin hin und her. In Lübeck kam die Versorgung an, dann wurde sie weiter nach Berlin geflogen, zurück waren die Flugzeuge leer, jetzt nicht mehr.

Die Kinder, die wegen der schwierigen Lage Berlins die Stadt verlassen sollten, flogen mit den leeren Rosinenbombern nach Lübeck.

Es ist viele Jahrzehnte her, ich höre, fühle, schmecke alles. Es war der aufregendste Flug den ich erlebt habe, so etwas gibt es jetzt gar nicht mehr.

Es war ja ein „Transportflugzeug". Innen waren die Wände aus Blech, genauso wie außen, keinerlei Verkleidung. Die Sitze waren an den Wänden entlang hochgeklappt angebracht, jetzt wurden sie runtergeklappt, wir setzten uns drauf und wurden festgeschnallt. Das ganze Flugzeug war ein Raum, die Koffer waren alle da hinten in der Dunkelheit des Bauches verschwunden. Ich weiß gar nicht mehr, ob es da Fenster gab, kann mich nicht erinnern, für mich war alles groß und dunkel. Bis jetzt war alles aufregend und laut, aber was jetzt kam? - Die Propeller liefen an – ein ohrenbetäubender Lärm, der sich noch steigerte, bis die Maschine abhob. Es war, als würde man mit einem Panzer fahren.

An Einzelheiten kann ich mich nicht erinnern, erst wieder als wir ausstiegen. Wir Kinder standen alle dicht beisammen, schrien und kreischten wie wild, wir hatten noch das Dröhnen der Motoren in den Ohren, konnten unsere Umwelt gar nicht richtig wahrnehmen.

Jetzt ging es mit dem Zug weiter, von Lübeck nach Stuttgart!

Zwei Tage dauerte die Fahrt, hab nicht viel Erinnerung, nur dass mir übel war, alles ziemlich durcheinander, die Begleitpersonen waren in Schwesterntracht und wir nannten sie Tante. Irgendwann kamen wir in Stuttgart an.

Die Zeit zwischen den Zeiten

So, Weihnachten ist nur vorbei. Es lief ja nur langsam an, aber dann war es doch schön und gemütlich.

Die Tage zwischen den Zeiten? Die hängen immer so rum. Man will sich ausruhen von den feierlichen Vorbereitungen und dem Fest, dem vielen Essen, es gibt aber schon wieder Vorbereitung für das nächste Fest, oder? Wird der Jahreswechsel nicht gefeiert?

In den vielen vergangenen Jahren war es mal so und mal so.

Mal verlief der Jahreswechsel besinnlich, mal wurde groß gefeiert.

Diese Zeiten sind vorbei, ich kann nicht mehr groß feiern, selbst wenn ich eingeladen wäre, es ist zu laut, zu wild, zu viele Menschen, alle reden - das ist nichts für alte Damen, das ist einfach zu viel.

Am Silvesterabend gibt es ein schönes Essen: Lammlachse, Prinzessbohnen in Bacon eingewickelt und angebraten, überbackene Kartöffelchen, einen Knoblauch-Dip, einen Salat, Bratapfeleis zum Dessert.

Jetzt kann feiern wer will, ich sehe aus dem Fenster, beobachte die Raketen und erwarte das neue Jahr – es kam dann auch. Prost Neujahr!

Und mit ihm gleich ein neues Fest! Ein Opern-Abend.

Erste Reihe zu sitzen ist so wie mitzuspielen!

Ich saß erste Reihe!

Das Orchester stimmte sich ein. Herrlich, wenn das so geigt und brummt.

Der Vorhang beginnt sich zu heben – das Bühnenbild wird langsam sichtbar – Spannung - ein Marktplatz!

Ein Marktplatz mit alten Häusern im Hintergrund, aus drei Fenstern sahen Frauen raus, in echt, keine Attrappen, auf dem Dachgarten wurde Wäsche aufgehangen. (Da möchte ich gerne mal mitspielen, aus dem Fenster schauen oder Wäsche aufhängen).

Ich sog das Bühnengeschehen in mich ein, wie Löschpapier die Tinte.

Das Orchester war in vollem Gange - es ging los!

Der Barbier von Sevilla!

Es waren heitere Stunden voll Musik und Gesang – und dann: Rosina hatte ihren Grafen und der Graf seine Rosina!

Applaus – Applaus – Applaus!

Heut' ist der 1. Januar 2022

Bis jetzt habe ich geschrieben, was mir aus meiner Vergangenheit entgegenkam und davon, was seit der Veränderung von 2017 geschehen ist.
Und was nun? Ich bin heute mit meinem Schreiben im „Hier und Jetzt" angekommen!
Aus der Vergangenheit will bestimmt noch manches gesagt werden, was aber wird mit der Zeit ab 1.1.22?

Die Zukunft

Ich schreibe jetzt von dem was kommt. Science Fiction?
Oder eine Mischung aus Zukunft und Vergangenheit ?
Das Ganze macht mir etwas Kopfzerbrechen, wie soll es weitergehen?

Ich werde angesprochen: "Hättest du nicht Lust einen literarischen Nachmittag zu geben? Ich möchte so gern hören, was du geschrieben hast.

Laut vorlesen, was ich geschrieben hatte? All meine Gedanken fliegen dann in die Welt hinaus? Ich gebe mir einen Ruck: „Ja, ich möchte vorlesen."

Ich denke, das ist ja ein Gefühl wie vor der ersten Ausstellung, die Angst sich zu zeigen. Was werden die Leute sagen? Gefällt das, was ich zu geben habe?

In diesem Fall war nichts zu befürchten, ich saß im Freundeskreis.

Ich hatte gelesen, es hatte gefallen, mir ging es gut.

Das Gelesene wirkte nach, wir redeten miteinander, ein schöner Nachmittag.

Marianne Kaulfers

Zukunftsgeschichte

Heute fing der Tag ganz normal an. Ich wurde durch leise Musik geweckt. Eine Projektion an der Zimmerwand zeigte eine morgendliche Landschaft und die Tagesnachrichten mit dem Wetter. Nach der Morgentoilette in meiner winzigen Nasszelle, einem Kaffee und einem Vitaminriegel machte ich mich auf den Weg zur Arbeit. Ich fuhr von der 10. Etage bis hinunter in den Keller. Von dort aus mit dem Fahrrad durch einen Tunnel bis auf die Straße. Eine Schlucht von Hochhäusern tat sich vor mir auf. Eine Masse von Fahrradfahrern bewegte sich in Richtung Innenstadt. Nach einer Stunde erreichte ich die Zentrale. Einen Gebäudekomplex von fünfzig Stockwerken. Der Fahrstuhl für mittlere Angestellte brachte mich in die dreißigste Etage, dort befanden sich die Übersetzungsbüros.

Alle waren in Aufregung. Ein Dokument aus der Abteilung für Bevölkerungsmanagement war verschwunden. Alle rannten durcheinander und fragten sich, wer es wohl hätte, aber niemand meldete sich. Langsam wurde es Feierabend. Die riesige Halle, in der die Übersetzerinnen arbeiteten, leerte sich. Auf einmal entdeckte ich, etwas abseits in einem Ordner, das gesuchte Schriftstück. Ich entschloss mich, die Akte mit nach Hause zu nehmen. Damit sie nicht in falsche Hände geriet.

Der Fahrstuhl war leer bis auf einen gut gekleideten Mann mittleren Alters. Der Fahrstuhl fuhr an und blieb sofort wieder stehen. Ich sah auf, der Fremde blickte mich an und lächelte. „Wohl wieder ein kleiner Stromausfall", meinte er. „Darf ich mich vorstellen: Ich bin Leto Antrares. Leiter der Abteilung Kultur und Historie."

„Ich bin Elisa Marone", erwiderte ich, „und arbeite als Übersetzerin".

Wir unterhielten uns angeregt. Nach einer Weile fuhr der Fahrstuhl wieder an, und schoss nach unten.

Er sagte: „Es freut mich sie kennengelernt zu haben. Darf ich sie zu einen Konzertbesuch einladen? Morgen findet ein Kammermusikkonzert im Keller des Hauses für Versammlungen statt. Ich hole sie um fünfzehn Uhr ab."

„Ach wie schön!", sagte ich, „ich würde mich freuen".

Ich machte mich auf den Heimweg durch einsame und leere Straßen. Hin und wieder fuhr ein Fahrrad an mir vorbei oder auch manchmal ein kleines Auto mit Elektroantrieb.

Ich wohnte in einem mittelgroßen Haus im Obergeschoss. In einem winzigen Ein-Zimmer-Apartment ohne Fenster, Küche und Bad. Die Miete war gering, weil viele Wohnungen keine

Fenster hatten. Nahe am Zentrum war es sehr teuer zu wohnen. Ich hatte mich entschlossen billig zu wohnen, und das Geld in einen gediegenen Lebensstandard zu investieren: Reisen gutes Essen, gute Kleidung.

In den Abendnachrichten wurde ein Konzert mit der Band Sancho Panza, angekündigt. Es war ausverkauft. Bloß nicht, dachte ich, wie schrecklich. Wummernde Bässe mit Geschrei und Hysterie der Massen. Diese Veranstaltungen wurden in größeren Abständen von der Regierung toleriert, und gefördert. Es hieß, um den Druck aus dem Kessel abzulassen. Ein großer Teil der Menschen lebte isoliert in ihren Wohnungen. Diese Lebensweise führe zu Aggressionen und Kriminalität, hieß es.

Am anderen Tag klingelte es pünktlich an der Haustür. Ein kurzer Blick in den Spiegel, ich trug ein einfaches halblanges Kleid aus hochwertigem Viskose-Material. Ein Cape in bunten Farben, um es zu verdecken, damit ich in der Menge nicht auffiel. So bekleidet begab ich mich hinunter zur Haustür.

„Hallo!", sagte Leto, „kommen sie schnell".
Wir stiegen in sein Auto. Es gab viel Verkehr. Alles strömte Richtung Innenstadt, wo man schon von weitem den riesigen Kubus des

Veranstaltungshauses erkennen konnte. Die Menge, geschlechtsneutral gekleidet, trug hauteng Bodys, mit Glitzersteinen dekoriert, dazu Mützen, Hüte und lange Capes, alle trugen Atemmasken. Mein Begleiter zeigte auf das Ende einer Warteschlange, „bitte warte hier, ich will das Auto parken", sagte er. Eine Minute später öffneten sich die Tore, alle drängten vorwärts. Am Eingang erhielt jeder ein Tütchen mit Ecstasy (Rauschgift). Dann strömte die Menschenmasse, mit hochgereckten Armen fuchtelnd, das Tütchen fest umklammert, unter Gebrüll in den riesigen Saal wo schon Sancho Panza mit seiner Band ihnen richtig einheizte. Kurze Zeit später war Leto zurück und raunte mir zu: „Lass uns zu dem kleinen Seiteneingang des Gebäudes gehen".

Wir stiegen eine steile Treppe hinunter und landeten am Anfang eines Tunnels. Zu jeder Seite waren alte Wandlampen angebracht, die warmes Licht verströmten. Ein roter Teppich führte zu einen kleinen Raum mit barocken Sesseln und einem Podium.

„Komm", sagte Leto, „ich werde dich einigen Bekannten vorstellen".

Er ging auf eine kleine Gruppe von elegant gekleideten Leuten zu.

Eine Dame rief: „Ach, das ist eine Überraschung, dich hier nach der Verhängung der Ausgangssperre zu sehen, Leto." Leto wandte sich an einen älteren Herrn, der mir bekannt vorkam, ich sagte: „Ich bin Elisa Marone aus der Übersetzungsabteilung."

„Angenehm", erwiderte er.

Ungefähr zwanzig Leute waren zugegen und unterhielten sich angeregt. Ein junger attraktiver Mann, der ein bekannter Journalist war, wandte sich an mich. „Lieben sie auch klassische Musik?", fragte er.

Eine Glocke erklang, die Gruppen lösten sich auf und alle nahmen Platz.

„Komm hier hin", sagte Leto und nahm mich bei der Hand.

Im Programm waren einige Klavierstücke von Chopin und abschließend die kleine Nachtmusik von Mozart angekündigt. Hingebungsvoll lauschte ich den Klängen einer längst vergangenen Zeit.

Nach Beendigung des Konzerts begaben wir uns durch einen anderen Tunnel ins Freie. Über uns waren noch schwach die Bässe des Sancho Panza Konzertes wahrnehmbar.

Die Strahlen der untergehenden Sonne spiegelten sich in den gläsernen Fassaden der Hochhäuser. Die dunklen Straßenschluchten waren leer. Der Stadtpark war nicht weit.

„Wollen wir noch ein bisschen spazieren gehen?", fragte Leto.

Als wir dort ankamen, war es eine Stunde vor Toresschluss. Wir unterhielten uns und Leto wollte wissen, wie mir das Konzert gefallen hätte.

Ich stand noch unter den Eindruck der wunderbaren Musik und dankte Leto für das besondere Erlebnis.

Leto sagte mir, wir müssten vorsichtig sein, weil der Überwachungsstaat hinter ihm her wäre, wegen subversiver Tätigkeit. Das Konzert wäre ungenehmigt und er der Initiator gewesen, der den Pianisten und die Musiker engagiert hätte. Außerdem hätte er noch andere Verfehlungen begangen, die er nicht weiter erwähnen wollte.

Ich sagte, solange es sich um Kunst und Kultur handele, wäre es mir egal, worauf er lachte.

Wir stiegen in das Auto und er brachte mich nach Hause. Er nahm mich in den Arm, gab mir einen leichten Kuss und sagte, er lasse von sich hören, bevor er verschwand. Zu Hause angekommen, nahm ich mir die Akte vor. Sie handelte von Leto. Der Geheimpolizei war schon bekannt, dass er illegale Versammlungen organisierte. Es ging dabei um Konzerte, Lesungen aus Büchern, die auf dem Index standen. Förderung von sogenannter „Entarteter Kunst".

Ein Kontakt des Bürgers Leto Antares mit Abu Kackar, dem Anführer der Regierungsgegner in der Sperrzone, wäre zur Zeit nicht nachweisbar, stand dort. Um sicherzugehen, wäre eine weitere Überwachung jedoch zu empfehlen. Ich dachte an Leto und an seinen Freund, den älteren Herrn, dem ich meinen Namen genannt hatte. Ich erinnerte mich jetzt, woher ich den Mann kannte. Einige Jahre zuvor hatte dieser sich um ein Regierungsamt beim Staatsschutz beworben. Ich entschloss mich, die Akte zu vernichten, damit ich nicht mit Leto in das Visier der Geheimpolizei geraten würde. Alles Weitere würde abzuwarten sein.

Nach einem Monat fand ich in meinem Briefkasten eine Nachricht von Leto. Er würde sich gern mit mir am kommenden Sonnabend um siebzehn Uhr in der kleinen Gartenanlage in meinem Wohnviertel treffen.

Als wir uns sahen, begrüßte er mich mit den Worten: „Hallo hast du Lust auf einen kleinen Ausflug?"

Wir gingen zu einer Ausstellung eines jungen avantgardistischen Malers. Die Bilder waren abstrakt, gleichzeitig gegenständlich, in dunklen Farben gehalten und düster: Eine Welt der Maschinen!

„Mir gefallen die Bilder nicht. Gefallen dir etwa seine Werke?", fragte ich Leto.

„Komm, lass uns gehen", sagte er.

Einmal draußen, wandte ich mich an Leto: „Ich habe eine Akte über dich gelesen. Man weiß von deinen illegalen Aktivitäten Wie denkst du soll es weitergehen? Was willst du eigentlich, Leto?"

„Ich wusste von der Akte", sagte Leto, „und dass diese Akte im Übersetzungsbüro lag. Ein Freund von mir, der dort arbeitet, wollte sie vernichten. Leider war der Freund schon nach Hause gegangen, als ich dort ankam. Dann habe ich dich im Fahrstuhl getroffen und du warst mir gleich sympathisch."

„Auch ich fand dich gleich sympathisch", erwiderte ich. „Aber hast du dir einmal Gedanken gemacht, dass du auch mich in Gefahr bringst, wenn wir uns sehen, Leto? Ich habe auch kein gutes Gefühl, was deinen Freund, den älteren Herrn betrifft".

„Mach dir keine Sorgen", erwiderte Leto. „Wegen der staatlichen Überwachungssysteme habe ich Vorsichtsmaßnahmen getroffen und den Freund, von dem du redest, kenne ich schon sehr lange."
Ich vertraute Leto.

„Komm" sagte er. „In der Innenstadt gibt es in einem Feinschmecker-Supermarkt ein Bistro. Lass uns dort hingehen und etwas essen."

„Ich kenne den Supermarkt auch", erwiderte ich.

Vor dem Eingang setzten wir unsere Masken auf. Nach zwanzig Jahren waren noch immer Maskenzwang und Abstandsregeln in Kraft. Wir setzten uns im Bistro an die Bar, die durch Glasscheiben in zwei Plätze geteilt war.

Es herrschte eine freundliche Atmosphäre und man unterhielt sich über die Begrenzungen hinaus mit den anderen Gästen. Die meisten trugen stilvolle Kleidung aus Naturfasern oder Viskose.
Wir bestellten beim Kellner jeweils eine Bouillabaisse und den passenden Wein, alles war vorzüglich. Am Schluss kaufte ich noch französische Butter und Eier im Feinschmecker-Supermarkt.

Die meisten Bürger hielten sich normalerweise in ihren Wohnungen oder geschlossenen Räumen auf, um nicht am Virus zu erkranken, und bestellten via Internet. Die Lebensmittel wurden durch verschiedene Lieferdienste ausgeliefert.

Am Ende bedankte ich mich bei Leto und schlug vor, um die Ortungssysteme zu umgehen, alleine nach Hause zu fahren. Leto war dagegen. Am Ende überredete ich ihn jedoch.
Er nahm meine Hand und hielt mich fest. „Elisa ich möchte
dich wiedersehen", sagte er.
Ich willigte zögerlich ein.

Auf dem Heimweg in der Stadtbahn gab es von der Polizei wieder eine Masken- und Identitätskontrolle. Einige Personen wurden verhaftet, weil sie keine Masken trugen oder keinen regulären Impfstatus vorweisen konnten. Einmal zu Hause erfuhr ich, dass auch im Stadtgebiet umfangreiche Verkehrskontrollen durchgeführt wurden. Ich musste an Leto denken.

Gleich am nächsten Tag meldete Leto sich telefonisch und wir verabredeten uns in der kleinen Gartenanlage bei mir. Als ich ankam, war er schon da. Wir setzten uns in sein Auto und fuhren Richtung Stadtrand.

„Wo fahren wir hin?", fragte ich ihn.

„Lass dich überraschen", sagte er.

Von weitem konnte man riesige Häuser, die wie Bienenstöcke aussahen, wahrnehmen. Das waren die Wohnungen der Leute, die niedrige Einkommen hatten oder vom Bürgergeld lebten, weil sie keine Arbeit fanden.

„Ich kenne diese Stadtviertel nicht", sagte ich.

„In den Medien wird immer über Herausforderungen, die mangelnde Versorgung durch Lieferdienste und zu knappen Wohnraum gesprochen", fügte ich hinzu.

„Die Menschen dort haben nichts, und müssen alle Bedarfsartikel für den Haushalt mieten", erwiderte Leto.

Ich antwortete: „Man sagt, dass alle glücklich und zufrieden wären und nicht arbeiten müssen. Das wäre die Freiheit der Selbstbestimmung."

Nach einer kurzen Fahrt weiter auf dem Stadtring befanden wir uns auf einer Straße, die von

Bäumen gesäumt und kleinen Häusern umgeben war. Dort war ein Marktplatz, auf dem verschiedene Händler Antiquitäten verkauften. Ein buntes Völkchen war am Einkaufen und auch Verkaufen, alle leicht und bunt gekleidet, die Gesichtsmasken im Gesicht oder am Arm baumelnd. Mit der Maskenpflicht schien man es nicht so genau zu nehmen.

„Sieh mal, Leto", sagte ich.
„Hier ist ein Buch von Astrid Lindgren, in dem von einen ‚Negerkönig' die Rede ist.
„Schnell, nimm es und wickle es in deinen Schal", sagte Leto, „wir gehen dort hinüber." Er deutete auf ein älteres Ehepaar. „Ich kenne die beiden."
Leto erklärte mir, das Buch sei rassistisch und illegal. Sein Bekannter würde es kaufen und aus der Stadt schaffen lassen.
„Oder möchtest du es haben?"
„Ich weiß nicht", erwiderte ich.
Leto stellte mich seinen Freunden vor, die mir gleich sympathisch waren.

Dann sahen wir uns noch die verschiedenen Stände an. Leto fand ein altes Schachbrett, aber die dazugehörigen Figuren waren unvollständig. Ich sah mir die Keramiken an. Einige Gefäße waren gut erhalten. Ich rätselte gerade, ob ich da ein Bunzlauer blaues Krüglein in der Hand hätte, als eine interessierte Kundin hinzukam. Wir unterhielten uns kurz über die Keramik. Leto trat hinzu, und die Dame kaufte das Gefäß. Schade, dachte ich. Mir hätte es auch gefallen. Es gab so viel zu sehen: Kleidungsstücke, Bilder, alte Postkarten. Alles erregte mein Interesse. Die Zeit verging im Flug.

Am Schluss traten wir noch an einen Schmuckstand heran, wo es alte Ringe, Ketten und Armbänder gab. Leto erstand eine kleine silberne Kette mit Bernsteinanhänger. Es war ein schöner Sommerabend. Wir waren noch bei seinen Freunden zum Abendessen eingeladen. Sie wohnten in einem winzigen Häuschen mit Garten in der Nähe.

Wir tranken Wein, aßen Brot, Käse und eine geräucherte, in Scheiben geschnittene Wurst. Wir unterhielten uns angeregt über alles Mögliche. Spät machten Leto und ich uns auf den Heimweg. Die Lichter der Stadt schimmerten in der Ferne. Einige Stadtteile waren dunkel.
„Wohl wieder Stromsperre", sagte Leto.
„Hoffentlich nicht bei mir", entgegnete ich.
Als ich ankam, ging das Licht im Haus gerade wieder an. Die Sperre hatte eine Stunde gedauert, so die Notiz des Hausmeisters am Anschlagbrett des Hauses.
Ich umarmte Leto und dankte ihm für den schönen Tag.

„Denk daran, dass wir für den kommenden Freitag verabredet sind", sagte er und drückte mich fest an sich. Zum Abschied, drückte er mir ein kleines Tütchen in die Hand.

„Bis bald!", rief er und verschwand.

In der Wohnung angekommen, schaute ich nach und fand zu meiner freudigen Überraschung die kleine Kette mit dem Bernsteinanhänger.

An dem verabredeten Freitag holte Leto mich dann ab. Er hatte einen Tisch in einem der wenigen Restaurants, die es noch gab, bestellt. Man wies uns einen Platz auf der Dachterrasse zu. Ich trug die Kette, die Leto mir geschenkt hatte. Meine Kleidung hatte ich passend dazu ausgewählt. Als wir im Restaurant ankamen sah ich, dass alle teure Designerkleidung trugen. Viele Prominente waren dort. Man geleitete uns zu unserem Tisch und legte uns die Speisekarte vor. Auf meiner standen keine Preise.

Leto sagte: „lass uns gemeinsam etwas aussuchen."

Ich wusste nicht, was ich sagen sollte. Alles war von regionaler Herkunft oder aus fremden Ländern importiert. Ich dachte an die vielen Menschen, die niemals ein echtes Stück Fleisch auf dem Teller gesehen hatten, denn es gab nur noch künstliche Lebensmittel in den wenigen Supermärkten und im Versand zu kaufen. Wir bestellten zusammen. Angefangen von den Vorspeisen über den

Hauptgang: Filet Steak. Zum Abschluss noch eine Süßspeise und den dazu passenden Wein. Aus dem Innenraum wehten die Klänge leiser Musik herein. Es war eine milde und warme Nacht.

Letos Freund, den ich schon auf dem Konzert kennengelernt hatte, kam an unseren Tisch, nickte mir zu und wandte sich an Leto: „Nächste Woche findet eine Konferenz über Klima, Naturschutz, Medien und Kultur statt. Ich hoffe, wir sehen uns dort".

„Na dann ist es wohl unumgänglich, dass ich daran teilnehme", erwiderte Leto.

Er klang nicht sehr begeistert, war mein Eindruck.

„Herbert will meine Karriere voranbringen und ich soll mich auf möglichst vielen Veranstaltungen zeigen", sagte Leto, nachdem sein Freund wieder gegangen war.

„Bist du denn mit deiner jetzigen Position unzufrieden?", wollte ich wissen.

„Nein. Ich bin als Leiter des Ressorts Kulturgeschichte zufrieden und will nichts anderes sein. Herbert sollte das endlich verstehen".

„Na hoffentlich", erwiderte ich.

Es wurde kühl auf der Terrasse. Leto legte mir seine Jacke um die Schultern. Nachdem wir eine Weile geschwiegen hatten, sagte Leto nach einer Weile: „Wie wäre es, wenn wir Ende nächster Woche für zwei Tage aus der Stadt ins Umland fahren, um den Überwachungssystemen zu entkommen?"

„Gerne. Aber wohin?"

„Lass dich überraschen", meinte Leto.

Als wir bei mir zu Hause ankamen, war es wieder sehr spät geworden.

Am nächsten Wochenende fuhren wir schon sehr früh los. Schnell waren wir am Checkpoint. Meine Identität wurde mittels eines Lesegerätes für meinen implantierten Chip überprüft. Wir befanden uns jetzt in der Sperrzone außerhalb der Stadt. In der Ferne sah man einige Lagerfeuer brennen. Es gab keine Versorgung für die Menschen dort. Sie waren Rebellen und Aufständische und man hatte ihre Identität gelöscht. Jetzt versuchten sie, mehr oder weniger über die Runden zu kommen. Leto hielt an und warf ein kleines Paket auf den Müllhaufen neben der Straße.

„Das ist Literatur die auf dem Index steht und vernichtet werden sollte", erklärte er mir. „Die Händler in der Stadt kaufen die Bücher und Hefte auf, und ich und andere bringen alles aus der Stadt in Sicherheit. Mach dir keine Sorgen alles läuft gut", sagte Leto.

Beim Verlassen der Zone wurden wir wieder kontrolliert. Ich war heilfroh, als wir durch die Kontrollen waren. Soweit man sehen konnte, tat sich vor uns eine Bilderbuchlandschaft auf, denn alles stand unter Naturschutz. Hin und wieder sah man ein Ökobauernhof. Die Bauern waren Pächter. Das Land gehörte privaten Stiftungen, und Investoren aus der Hochfinanz.

„Sieh mal Leto, eine Schafherde", sagte ich.
„Den Bauern kenne ich", sagte Leto. „Auf dem Rückweg werden wir anhalten und einige Lebensmittel dort kaufen."
Wir fuhren weiter. In der Ferne konnte man Waldgebiete sehen. Bald kam eine Schlossruine. Sie sah aus wie das Schloss Dornröschens. Vor den eingefallenen Nebengebäuden stand ein uralter Mann und winkte uns zu.
„Das ist Karl. Er ist einhundert Jahre alt und steht seit undenklichen Zeiten im Dienste meiner Familie", sagte Leto. Seine Frau Anna kam hinzu, sie war etwas jünger. Für die beiden war Leto der junge Herr und ich das Fräulein. Wir sahen uns den Garten an, wo alle möglichen Nahrungs- und auch Heilpflanzen wuchsen. Anna erklärte mir die einzelnen Gewächse.

„Die Erdbeeren sind bereits reif." Anna hatte meinen Wunsch erraten. „Langen sie zu Fräulein", sagte sie."
Das ließ ich mir nicht zweimal sagen. Ich probierte und sie schmeckten köstlich. Sie waren in der Sonne gereift.

„Koste mal, Leto!" Ich reichte ihm eine Handvoll.
Schnell war es Abend. Wir setzten uns an einen
weiß gedeckten Tisch und aßen zu Abend. Kerzen
brannten in silbernen Leuchtern. Dann gingen wir
einem riesigen Bauernbett schlafen.

Am nächsten Tag nahmen wir Abschied von Karl
und Anna um zurück in die Stadt fahren. Wir
kauften noch einen kleinen Vorrat an
Lebensmitteln für uns und Herbert beim
Ökobauern. Die Wolle der Schafe wurde auch
gleichzeitig auf dem Hof verarbeitet und zu Garn
gesponnen. Aus dem Stoff wurden schöne
Lodenjacken hergestellt, die man ebenfalls kaufen
konnte.

Gegen Abend fuhren wir in die Stadt zurück. Auf
der Fahrt gab es einen Zwischenfall im Sperrgebiet.
Schon von weitem sahen wir Polizei. Ich wandte
mich an Leto: „Machst du dir keine Sorgen? Es
existiert ein Bericht über dich - irgendwann kann
es auch mal schlecht ausgehen."
„Ich mache mir keine Sorgen", meinte Leto. „Es ist
bis jetzt gut gegangen. Und schließlich ist es nur
ein geringe Gesetzesübertretung, die ich begehe".
Ich sagte nichts und hoffte, das Leto Recht
behalten würde. Bald waren wir bei mir zu Hause
angekommen und hielten uns fest in den Armen.
Wir verabredeten uns für das Wochenende gleich

nach Urlaubsreise, die ich schon lange gebucht hatte.

Allein in meiner Wohnung überfiel mich die böse Vorahnung, dass Leto und ich uns nicht mehr wiedersehen würden.

Nach meinem Urlaub wurde ich gleich am ersten Arbeitstag zum Chef der Übersetzungsabteilung hereingerufen. Jemand von der Geheimpolizei war ebenfalls dabei. Sie überfielen mich sofort mit ihren Anschuldigungen. Man wüsste alles über Leto und mich. Ich konnte mich nicht dagegen wehren. Sie hatten Beweise.

Am Ende wurde ich degradiert und in den Übersetzerpool versetzt. Man teilte mir mit, dass ich froh sein könnte meinen Arbeitsplatz zu behalten. Wie ich später herausfand, wurde Leto durch die Vermittlung seines Freundes Herbert an die Zentrale der Weltregierung versetzt, wo er das Büro für Kulturgeschichte leitete.